貴族のお坊ちゃんだけど、世界平和のために勇者のヒロインを奪います

大沢雅紀

Osawa Masaki

主な登場人物
リン
リトネの故郷、ロズウィル村の村長の娘。リトネをお兄ちゃんと慕う。
ナディ
シャイロック家の令嬢。オタク気質で、リトネを毛嫌いしている。
ミルキー
ドラゴンの赤ちゃん。リトネのことを親だと思っている。
リトネ
世界の命運を託された貴族のお坊ちゃん。前世の経済知識とヘンテコ能力で、勇者が圧政を敷くという絶望の未来の回避に挑む。
MAIN CHARACTER

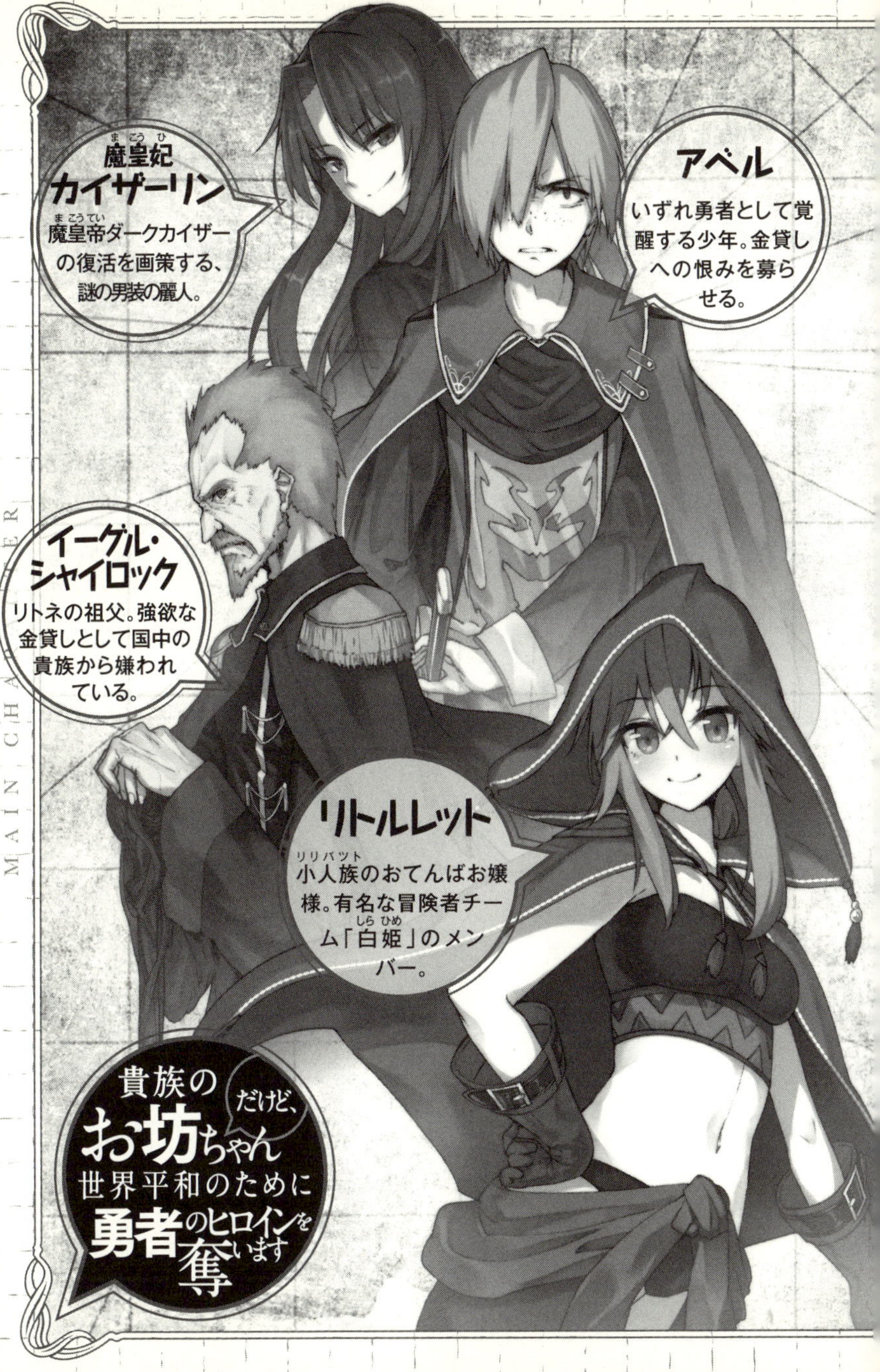
MAIN CHARACTER
魔皇妃《まこうひ》
カイザーリン
魔皇帝《まこうてい》ダークカイザーの復活を画策する、謎の男装の麗人。
アベル
いずれ勇者として覚醒する少年。金貸しへの恨みを募らせる。
イーグル・シャイロック
リトネの祖父。強欲な金貸しとして国中の貴族から嫌われている。
リトルレット
小人族《リリパット》のおてんばお嬢様。有名な冒険者チーム「白姫《しらひめ》」のメンバー。
貴族のお坊ちゃんだけど、世界平和のために勇者のヒロインを奪います

† とある学園の教室

学園の一室で、三人の少年少女がじっと向かい合っていた。

前髪で目を隠した少年に、太った少年がニヤニヤと笑いかける。その隣では、メイド服姿の少女が顔を俯《うつむ》かせていた。

少女には首輪がつけられており、太った少年が首輪につながる鎖をもてあそんでいる。

前髪で目を隠した少年が悔しそうににらみつけると、太った少年は挑発してきた。

「ぐふふ……。リンはずっと昔から僕のものなんだよ。ふふふ、いい匂いだぜ」

太った少年が少女の首筋《くびすじ》に暑苦しい顔をよせ、くんくんと匂いを嗅《か》ぐ。

「嫌ぁ！　助けて！　お兄ちゃん！」

メイド服の少女――リンが前髪で目を隠した少年に助けを求める。彼はその思いに応えるように怒鳴《どな》り声を上げた。

「貴様！　いい加減にしろ！　リンちゃんを返せ！」

しかし太った少年は強気の姿勢を崩さない。見下すような表情を浮かべて言う。

「断る。そもそもお前に返せなどと言われる筋合いはない。彼女は僕の奴隷《どれい》なのだからな」

そうして彼女にはめられた首輪を示す。長きにわたって着けられているのか、その首には赤い跡がついていた。

前髪で目を隠した少年が悔しそうに吐き捨てる。

「くそっ……。金の亡者《もうじゃ》、リトネめ」

「負け犬の遠吠《とおぼ》えだな、貧乏人。そんなにこの女を助けたいのか？」

リトネと呼ばれた太った少年はそう言うと、少女をいたぶるように首輪から延びる鎖を振り回した。前髪で目を隠した少年が叫ぶ。

「ああ！　彼女は僕の妹も同然だ！」

「お兄ちゃん……」

リンは涙で濡《ぬ》れた目で少年を見つめた。それを見たリトネは、なぜか一瞬だけ辛《つら》そうな顔を見せたが、すぐに元のふてぶてしさを取り戻す。

そして、含みを持たせたような口調で告げた。

「そうか。なら、勇者アルテミックの使っていた剣を取ってきたら、リンを解放してやろう」

勇者アルテミックの剣。その言葉を聞いた瞬間、前髪で目を隠した少年の顔に恐怖が浮かんだ。

そして声を絞り出すようにして言う。

「だ、だけど、あそこには魔物がたくさんいて……」

「別に俺はいいんだぜ。慈悲《じひ》で希望を残してやってるんだ。嫌というなら、リンは俺のものだ」

そう言うとリトネは、いやらしくリンの首筋を舐《な》めた。

「きゃーーーー!!　イヤ！」

嫌悪《けんお》に表情を歪《ゆが》ませるリン。そんな様子を見た少年はついに決心する。

「いいだろう。待っているがいい！」

少年は教室を飛び出し、勇者アルテミックの剣があるという封印の山に向かうのだった。

† 祠《ほこら》の前

封印の山の奥深く、人知れずひっそりと佇《たたず》む祠。その土の祭壇《さいだん》に剣が突き立てられていた。

ここに至るまでに数多くの魔物と戦った少年の全身は傷だらけだった。目の前の剣に手を添えながらつぶやく。

「はあ、はあ……やっとここまで来た。ええと……この剣を抜けばいいんだよな」

少年が祭壇に刺さる光り輝く剣を引っ張ると、あっさりと抜けてしまった。

「やった。これでリンちゃんを救える！」

少年がそう言ったとき、いきなり目の前の祭壇が割れた。

「えっ?」

砕けた祭壇の下から巨大な穴が現れる。その奥から恐ろしい声が響いてきた。

「ぐわっはっは! 我は魔皇帝《まこうてい》ダークカイザー! 勇者の血を引く者よ。よくぞ我を解放してくれた」

直後、とてつもなく巨大な魔物が地面の穴から飛び出てくる。

「僕が勇者の血を引く者だって……」

剣を持ったまま呆然《ぼうぜん》とする少年に、巨大な魔物——ダークカイザーは告げる。

「封印を解いてくれた礼にここでは殺さぬ。我の目が届かぬところで、ひっそりと生きるがいい。者ども、いくぞ!」

「おう!」

ダークカイザーに続いて、何万もの魔物が現れる。無数の魔物たちは、恐怖のあまり地に伏す少年をあざけりながら飛び去っていった。

「魔物たちを解放してしまうなんて……僕はなんてことを……」

呆然としてうなだれる少年。

そして音楽が鳴り響き、オープニング画面が現れた。

◇◆◇◆◇

「……結構ありきたりだなぁ」

ゲーム画面に向かい、太った男がコントローラーを操作している。

これは『きみと築く幸せな未来』という美少女ＲＰＧ《ロールプレイングゲーム》ゲームである。

その略称から「き築《ちく》＝キチク」ゲームと呼ばれ、鬼畜展開もあると言われていたので期待していたが、この手のゲームをやり込んでいる彼にとっては、オープニングは平凡という印象だった。

「……まあいいや。次に進めよう」

男が画面をスキップして進めていくと、教室に戻ってきた少年とリトネとの会話のシーンになった。

「ぐふふ。よく剣を持ってきたな。さあ、剣か女か、どちらかを選ぶがいい」

「くっ……」

画面に、選択肢が現れる。


「勇者アルテミックの剣」と「リン」のどちらを選びますか？

「悩むなあ……でもどうせここで見捨ててもあとから仲間になるイベントがあるんだろ。ここは剣だ！」

太った男は、「アルテミックの剣」を選ぶ。すると不気味な音楽が鳴り響いて、泣きじゃくるリンの絵が画面いっぱいに現れた。

「……ひどい……私より剣を選ぶなんて……」

「ぐふふ。ならリンはこれからも僕のものだな。それじゃ……」

首輪についた鎖を引いて、リトネはリンを連れてどこかに消えてしまった。

手に入った剣を見てうっとりしている少年。

「ふふふ。これで僕は勇者になった。この剣で世界を救ってやる！」

そうして少年は冒険の旅に出るのだった……。


「……って！　いきなりヒロインを見捨てるのかよ！　後味悪すぎんだろうが！」

そう叫ぶと、男は改めてパッケージを見直した。そこにはやはり、ヒロインとしてリンが大きく載っている。

「まさか、このゲームって……」

主人公が学園生活で仲良くなった女の子は、必ずリトネによって奴隷にされる。そうしておいてリトネは、旅を有利に進められるアイテムと女の子との交換を迫るのである。

アイテムを選べばゲームはさくさく進むが、仲間ができずにぼっち。少女を選べば仲間が増えて楽しいイベント満載だが、ゲームは苦労の連続である。

「なるほど……いろんな楽しみ方があるんだな。これは濃い……」

こうして男はゲームにはまり込み、我を忘れて熱中。いろんなシチュエーションを楽しみながらも、たった一日で魔皇帝ダークカイザーの城まで到達するのだった。


「はっ！」

そしてついに勇者になった少年は、強力な光魔法《ひかりまほう》と竜に祝福された装備でダークカイザーを倒す。

「これで僕は世界を救った！　あとは国王になって……」

そんな風に勝利の喜びに浸っていると、突然後ろから話しかけられた。

「ダークカイザーを倒してくれてご苦労さん。これでお前の役目は終わりだよ」

「なにっ！」

そこに立っていたのは、ニヤニヤと笑うリトネである。

「どうしてこんなところに！　お、お前はいったい！」

「さあな。こいつらもお前を祝福したいんだってさ。召喚《しょうかん》！」

リトネが杖を振ると、少年が見捨てたはずの六人のヒロインが現れた。そう、男は、誰一人仲間にしないという孤高のぼっちルートを選んだのである。

「き、君たちは……」

絶句する少年。

「よくも私たちを見捨てたな！　許さない！」

六人の少女の首にかけられた宝石が輝き、光が少女たちを包む。

「死ね！」

少女たちから強力な魔法が放たれた。

こうして主人公は、見捨てたヒロインに倒されて無念の死を遂げるのであった。

「あーーーーーっはっはっは。これで世界は救われたな」

エンディングの最後に、リトネの笑い声が響き渡る。

プレイしていた太った男は、画面を見ながら放心してしまった。

「そんな……」

しばらくして、画面に美しい女神が現れる。

「世界は救われました。やり直しますか？」

選択肢が浮かび上がる。

YES　／　NO

「……やってやろうじゃないか！」

太った男は気を取り直して、画面に向き直るのだった。

† 数日後

「はあ……はあ……やっとここまで来た！」

太った男は今までの苦労を思い返し、感慨にふけっていた。

途中で出会う六人のヒロインのうち、誰か一人でも見捨てると「BAD《バッド》 END《エンド》」になり、そのたびに女神ベルダンティーにより時間が巻き戻され、最初からやり直す羽目《はめ》になった。

結局、苦労して六人のヒロインをリトネの手から救い出し、リトネが独占していた伝説のアイテムもすべて奪った。こうしていろいろ遠回りした挙げ句、ようやく魔皇帝ダークカイザーを倒したのである。

いよいよ真のエンディングが迎えられる。喜びに震える勇者たちの前に、いつものように一人の少年が現れた。

「リトネ……貴様！　何をしに来た」

勇者となった少年が憎しみの目でリトネをにらむ。途中で少年の仲間になった少女たちや白い竜もにらみつけていた。

「まったく、全部ぶち壊して……俺の使命を邪魔しやがって」

リトネの顔は限りなく暗い。

「貴様！　使命とはなんだ！」

勇者と六人のヒロインが、怒って武器を構える。

「お前らなんかに、俺に課せられた宿命がわかってたまるか！」

リトネは泣きながら絶叫した。が、彼の思いはこの場にいる者の心に届かない。ひとしきり泣いたあと、リトネは覚悟を決める。

「ふん……こうなったら、意地でもお前らを倒す。見せてやるよ。魔皇帝ダークカイザーなんて、俺にかかればいつでも簡単に殺せたんだよ」

そうつぶやきながら天を仰《あお》ぐリトネ。その姿が次第に変わっていく。

「な、なんだ……」

勇者たちが見つめる中、リトネは真っ黒いドラゴンに姿を変え、突如として空へ飛び上がった。

「それが貴様の正体か！　邪悪な魔物め！」

「なんとでも言え！　俺の力をすべて使って、あいつを呼んでやる。さあ、ここに現れろ。大魔王ダークミレニアム！」

自らの正体を現したリトネが召喚魔法を唱《とな》えると、空中に穴が空き、巨大な魔物が姿を現した。

リトネが魔物に命令する。

「あはは……こいつらを皆殺しにしろ」

しかし巨大な魔物は、勇者たちではなく、目の前にいる竜のリトネに向かって大きな口を開けて襲いかかる。

「ば、馬鹿、俺じゃない。あいつらをやれ！　ギャー！」

こうして「物語の狂言回し」リトネは、大魔王に食べられてしまうのだった。

「……」

一連の出来事を見たヒロインたちは、あまりにショッキングな展開におびえていた。擦り寄る彼女たちの頭を優しく撫《な》で、勇者は力強く笑う。

「大丈夫。僕たちの力を合わせたら、大魔王だってきっと倒せるはずだ」

「うん！」

にっこりと笑顔で応える六人のヒロイン。

「みんな、いくぞ！」

大魔王との戦いに挑む勇者パーティ。それからすさまじい激闘が始まるのだった。

◇◆◇◆◇

長きにわたる死闘の末、ようやく大魔王の体に異変が起こる。

「ぐぁぁぁぁぁぁぁぁぁぁぁぁぁぁ」

勇者たちの攻撃を食らい続けた大魔王は、断末魔の叫び声を上げた。そして、逃げ去るように、空の彼方《かなた》へ消えていく。

「ふう……やっと倒した」

大魔王を倒して息をつく勇者。これで真のエンドを迎えることができる。

最後に画面に映し出されたのは、国王となった少年と王妃となった六人の少女たちの幸せな笑顔であった。

「我ながらがんばったな」

ゲームをしていた太った男はそうつぶやいてそのまま寝床に入る。が、ふいに空しさに襲われた。

「……俺はこれからどうなるんだろう？」

彼は元は銀行に勤めていたが、人間関係の問題で退職。それ以来ずっと就職活動中——はっきり言えば、ニートだった。

今さら実家にも帰れず、ひたすら現実逃避の毎日。将来への不安で胸がつぶれそうになる……。

「はあ……はあ……ちがう！　これは！」

本当に胸が苦しい。

「まさか、心臓発作！」

男の意識は闇に落ちていき、呆気《あっけ》なく息絶えてしまった。

点《つ》けっぱなしのパソコン画面に、とあるダンジョンの内部が映し出されている。闇の奥で、そこに封じられている邪悪な存在が目を開けたとき――。

画面に「SUPER《スーパー》 BAD《バッド》 END《エンド》」の文字が浮かんだ。

◇◆◇◆◇

しばらくして男の意識が戻る。彼はなぜか真っ白い空間にいた。突然、清らかな声が聞こえてくる。

「こんにちは。私は女神ベルダンティー。あの、あなたにお願いがあるのですが……」

男は、不可解な状況に困惑しながらも、その声に問いかける。

「ベルダンティーって、あのキチクゲームに出てくる？」

「キ、キチクゲーム？　まあ、そうです、はい……。実は、あのゲームは私の世界の未来を予知したクリエイターが作ったものだったんです。しかし、いささか困った事態になりまして……」

「困った事態？　勇者が大魔王を倒してハッピーエンドだろ？」

「いえ、その続きがあるのです……問題は、勇者が国王になったあとで……」

そう言うと女神ベルダンティーは、エンドロールの続きを映し出した。

世界救済後、しばらく経ったある日。

王の間に、勇者とヒロイン六人が集《つど》っていた。突然、ヒロインたちが騒ぎ出す。

「……金貸しなんて、この世には必要ない」

「そうよ。ボクの家族は金貸しによって苦しめられたんだ！」

黒髪の少女と、赤い頭巾《ずきん》をかぶった少女の言葉により、勇者は決断する。

「金貸しを捕らえろ。全財産没収だ。それから徳政令《とくせいれい》を発布《はっぷ》する。全国民の借金はすべてチャラだ」

勇者の命令により役人が動き、すべての罪のない金貸しが捕らえられた。そして拷問のうえ殺され、全財産を没収される。

金貸しがいなくなったことで経済の流れが滞り、税収が明らかに減ってしまった。

「……金がなかったら、金持ちから税金を取ればいいんじゃないか？」

「そうですわ。お金持ちは贅沢《ぜいたく》な暮らしをしているのですもの。国に奉仕して当然です」

赤髪の健康的な美少女と、緑髪の優しげな少女の言葉により、勇者は命令を下す。

「金持ちから財産を没収しろ」

これにより貴族が動き出し、すべての罪のない金持ちが捕らえられた。そして金貸しを一掃したときと同じように、拷問のうえ殺され、全財産が没収される。

残された金貸しと金持ちの家族は、無一文で路上に放置されていた。

「お兄ちゃん、あの人たちかわいそう」

「食べる物がなくて困るなんてあんまり。役人や貴族がひどいことをしているみたい」

水色の髪をした幼い美少女と、金髪おかっぱ頭の美少女の言葉により、またもや勇者が動く。

「困っている人間がたくさんいるのは、役人や貴族が悪いことをしているからだ」

勇者は剣を取って、一連の騒動で私腹を肥やした役人や貴族たちを討伐《とうばつ》していく。

権力のトップである勇者自らが、役人と貴族の権威を否定したことにより、それまで彼らに虐《しいた》げられていた平民たちが反乱を起こす。こうして、勇者と平民から挟み撃ちに遭い、役人と貴族は滅亡してしまうのだった。

平民たちの前で、勇者はそっくり返って威張《いば》る。

「国をおかしくしていた商人や役人、貴族たちは滅んだ。お前たちは自由だ！」

そう言って悦《えつ》に入る勇者。そんな彼に向かって平民の代表が要求する。

「勇者様。私たちに麦をください。着る服をください。安心して住める家をください」

「わかった。えっと……あれ？　誰に命令すればいいんだ？」

その頃には、勇者の言葉を受けて動く者は、誰もいなくなっていた。

社会のシステムが完全に壊れていたのである。こうなっては勇者にできることは何一つない。にもかかわらず、平民たちはさらに要求を強めていく。

困った勇者は、平民たちに向けてこう言い放った。

「お前ら、自分でなんとかしろ！」

唖然《あぜん》とする平民たち。しかし彼らは、勇者の言葉どおり自分でなんとかすることにした。

しばらくすると、各地の有力者が地主《じぬし》として台頭するようになり、国に頼らないシステムを作り上げていった。当然そうなれば、彼らは国に税を納めない。

結果として、勇者たちが住む王都は貧困と退廃《たいはい》のはびこるスラムと化していった。こんな状況にもかかわらず、平民たちは勇者に頼ろうとする。

「勇者様。地主たちが増長しています。懲《こ》らしめてください」

勇者はそれに応え、今度は地主たちを討伐してしまう。

こうしたことが繰り返され、世界は混沌《こんとん》に沈んでいくのだった。

やがて民から見放され、日々の生活にも困るようになった勇者は、未だ贅沢を続けるヒロインたちを養うために、とうとう民から略奪を始めた――。

そして最後には、惨《みじ》めに死んでいくのだった。


映像を見終わった男は、あまりに救いのない結末に絶句していた。

そして声を絞り出すように告げる。

「所詮《しょせん》、強いだけの脳筋《のうきん》勇者と小娘には、政治なんか無理だったということか。世知辛《せちがら》いな」

「ええ……このままでは、私の世界は魔王ではなく勇者に滅ぼされてしまいます。私はなんとかしてこの絶望的な未来を食い止めたい。そこで、あなたに助けていただきたいのです」

そう言って、女神は真摯《しんし》に頼み込む。

男は心を動かされたものの、どう答えるべきか迷っていた。

「同情はする。しかし、俺なんかには何もできないだろう」

「いいえ。この進んだ世界で金融知識を身につけ、なおかつ人の痛みも知っているあなたなら、きっとより良い未来に変えてくれると信じています。お願いします。私の世界に、ある人物として転生して、世界を救ってください」

女神は男に頭を下げた。

「……わかった。どうせ死んだ身だ。できるだけのことはしてみよう」

「ありがとうございます。では、あなたの魂を私の世界に送ります。なんとか工夫してがんばってください」

女神が杖を振ると、男の意識は闇に溶けていった。

◇◆◇◆◇

「健康な男の子だ。よくがんばってくれたな。ジョセフィーヌ」

どこからか、渋い男の声がする。

「ええ。私たちの愛の結晶。なんて可愛《かわい》らしい男の子なんでしょう」

清らかな女の声も聞こえてきたが、その女の声はすぐに不安げな雰囲気を帯びた。

「しかし……もっと遠くに逃げなくてよかったのでしょうか？」

「大丈夫さ。灯台下暗しというだろう。下手に領外に出たら、検問に引っかかって捕まってしまうかもしれない。ここロズウィル村は俺の故郷だ。隠れる場所はいくらでもある。そのうち落ち着いてきたら、何気ない顔をして領都エレメントから戻ってきたという風にすればいい」

男は女を優しくなだめるが、彼の口調にも少し不安が表れていた。

その不安を吐き出すように、男が女に尋ねる。

「……でも、本当によかったのかい？　貴族の身分を捨てて。いくら追っ手から逃げるためといっても、何も俺の奴隷にならなくても……」

「いいえ。あなたがいない生活なんて考えられません。私を奴隷ということにしておけば、私の父の目もごまかせるはずです」

女の口調には、男に対する確かな愛情があった。奴隷の証《あかし》である「隷属《れいぞく》の首輪」が、彼女の首にかけられている。

女が急《せ》かすように告げる。

「それより、名前を決めないと」

「そうだな……なるべくシャイロック家に見つからないような、短い名前で……。そうだ、リトネというのは？」

男は、庶民風の名前を提案する。母となった女はうなずくと、自分の子供を強く抱きしめた。

「リトネ。リトネ……ああ、可愛い我が子」

一方、母の胸の中の、その赤子は内心ひどく驚いていた。

(リトネ？　リトネだって？　あの正体は邪悪な黒竜だったっていう？　どういうことだ？)

赤ちゃんが改めて周りを見渡すと、そこは粗末な馬小屋だった。

状況を整理すると、どうやら自分はあの悪名高いリトネに、赤ちゃんとして転生してしまったらしい。

「ああ、リトネ。あなたの人生に幸あらんことを」

涙を流して頬ずりしてくる母に抱かれながら、彼は呆然とするのだった。

◇◆◇◆◇

そして月日が流れ……。

ここは、シャイロック金爵《きんしゃく》が治めるロズウィル村である。なお、シャイロック金爵はロスタニカ王国に広大な領地を持つ大貴族であった。

一人の少年が、ハゲ頭の村長に怒られながら重労働をしていた。

「リトネ！　この怠け者！　さっさと麦を製粉小屋まで運べ！」

怒声とともにムチが飛んでくる。

「……ぐっ！」

ムチで打たれたリトネ少年は、思わず村長をにらみつけた。

「なんだその目は！　うちに雇われている小作人の分際《ぶんざい》で。不満があるなら、いつでも辞めてもらっていいんだぞ。負け犬の父と奴隷の女から生まれたガキのくせに！」

村長が怒鳴り上げる。

「くっ……ご、ごめんなさい」

リトネは悔しさをこらえて、麦の重い袋を担ぎ、川の側《そば》にある水車小屋まで運ぶのだった。

「はぁ……」

麦袋を一つ運び終えたリトネは、力なくため息をつく。ろくにご飯も食べていないので、やせていて力がなかった。必然的に一つずつしか運べないので、何往復もすることになる。

再び戻って重い麦の袋を運んでいると、川原で遊んでいた村の悪餓鬼《わるがき》が近寄ってきた。

「貧乏人の子！　奴隷の子！」

「やーい。よそ者！　汚いんだよ！」

「この村から出ていけよ！」

思う存分罵声《ばせい》を浴びせかける悪餓鬼たち。しかし、それだけでは飽き足らず、リトネを殴りつけると袋を取り上げてしまう。

「やめてくれ！　それを運ばないと……麦を分けてもらえなくなるんだ」

「知るか！」

リトネの訴えを無視すると、悪餓鬼たちは袋から麦を取り出し、地面にぶちまけてしまった。

「あはは、さっさと掻き集めろよ！　また村長に殴られるぞ」

軽いイタズラのつもりでリトネの仕事を邪魔した彼らは、残酷な笑いを浮かべて走り去るのだった。

「くっ……また村長に怒られる……」

リトネは涙をこらえて一粒一粒麦を拾う。そして何時間もかけてようやく、水車小屋に運び終えた。

殴られた痛みを我慢しながら村長の家に戻ると、水色の髪をした幼い美少女がいた。

「リトネお兄ちゃん……またいじめられたの？　大丈夫？」

彼女は、村長の娘で年齢は十歳。リトネの幼馴染《おさななじみ》で名前をリンという。キチクゲームでは、主人公である勇者の妹的ポジションのヒロインだった。

ブラコンと呼ばれる属性を持ち、可愛らしく主人公に甘えてくるので人気が高い。

「だ、大丈夫だよ。これくらい平気だから」

「でもここ、傷になっているよ。ほら、ヒール！」

リンの手から出た優しい水色の光が傷口に張り付くと、リトネの怪我はあっという間に治っていった。

「いつもありがとう」

「どういたしまして。でも、この魔法ってすごいね。お兄ちゃん教えてくれてありがとう」

リンは小犬のようにリトネにじゃれ付いてくる。見えない犬耳と尻尾《しっぽ》がぴょこんと出たような気がした。

彼女がリトネとこうして仲良しになったのは、四年前にさかのぼる。

† 四年前

村の外の森で、八歳のリトネは木の枝で杖を作っていた。その杖に自分の魔力を通して、体の一部と感じられるまで一体化していく。

数ヶ月ほどかけて、やっと魔力を帯びた杖が完成した。

「やった……できたぞ……」

歓喜しながら杖に魔力を通してみると、杖はリトネの魔力を吸って黒く輝いた。

「よし、試してみよう。たしかキチクゲームで、リトネは召喚魔法を使っていたはず」

リトネは杖を掲げて意識を集中させる。

（よし……周囲に存在する何かを、この杖に引きつけるつもりで……召喚）

リトネは渾身《こんしん》の魔力を込めて杖を振るう。

次の瞬間、頭の上に大量の何かが落ちてきた。

「ふえっ？」

頭に乗ったそれを触ってみると、ネバネバして動いている。次第に頭の上が熱くなってきた。

「こ、これは、まさか……」

引っ剥《ぱ》がしてみると、楕円形《だえんけい》のナメクジみたいなものがウネウネと蠢《うごめ》いていた。その物体から出る粘液は、弱いながらも酸性らしい。

「う、うわぁ！　スライムだ！」

リトネは杖を放り出して、一目散に逃げ出した。

その勢いのままに家まで帰ってくると、母のジョセが一人で待っていた。

父のズークはいつものように飲み歩いているらしい。働かないズークの代わりに、ジョセは村の下働きをしながら、なんとかリトネを育てていた。

「リトネ、今日はごちそうよ。パンの他に豆ももらえたの。スープにして食べましょう」

「はい。いただきます」

行儀よく挨拶《あいさつ》して、カチカチに硬くなった古いパンを食べる。母の言うとおり、スープに豆が入っており、硬かったものの、いつもの夕食より豪華だった。

食後、リトネは母に問いかける。

「ねえ。母さんは闇の召喚魔法を使えるんだよね？」

さりげなく言っただけだったが、ジョセは真っ青になっていた。

「だ、誰から聞いたの？」

「親父《おやじ》が酔っ払ったときに言ってた」

リトネはごまかしたが、もちろん嘘である。前世の知識でリトネが闇属性の召喚魔法を使える設定だと知っていたので、母もそうかもしれないと思ってカマをかけてみたのだ。

「……あの人もしょうがないわね。もし私たち親子が魔力持ちであることがばれ、それも闇属性だと知られてしまえば、お父様に見つかってしまうかもしれないのに……」

そう言ってジョセは恐ろしそうな顔を見せる。

「ねえ、僕も闇の召喚魔法を使えると思うんだ。召喚を司《つかさど》る闇の精霊の名前を教えてよ。今日一人で練習していたら、スライムが寄ってきちゃって……」

キチクゲームではリトネは敵役だったので、彼の扱う闇の精霊の名前は出てこなかった。一応、同じ闇属性のヒロイン、ナディが唱えていた氷を司る精霊ダークアイスの名前で試してみたが、何も起こらなかったのである。やはり、ちゃんと闇の精霊と契約しないと、まともに使いこなせないらしい。

「だめよ！」

ジョセの拒否は極端なほどだった。いつも穏やかな母に似合わない大声だったので、リトネはびっくりしてしまう。

「……なんで？　魔法が使えるようになれば、騎士とか貴族になれたりするって……」

「リトネ、お願い。あなたが魔法を使えることは、誰にも言わないで」

ジョセの剣幕に、リトネはうなずくしかなかった。

（……この様子じゃ教えてくれそうにないな。仕方がない、しばらくは自己流で魔力を鍛えるか。ゲームのストーリーだと、どうせ十五歳の時点では大貴族のお坊《ぼっ》ちゃんだったんだし、そのうちなんとかなるだろ……焦る必要ないか）

リトネはそう思って引き下がるのだった。


それからリトネは、森で召喚魔法の自己流の特訓をするようになった。村でリトネには友達がいなかったので、彼が何をしようと気にする者もいないのである。

「召喚」

リトネが目を閉じて念じると、魔力を帯びた杖にくっついてこようとする複数の気配を感じた。

（この感触はスライムだ。当たらないように避けて……あれ？）

そうして移動してみると、少し離れたところに大きな魔力の塊を感じる。

（なんだろこれ？　悪い感じはしないな……。呼んでみるか。召喚）

心の中でそう念じて、杖を振ってみる。

「あ、あれ？」

出てきたのは、なんと六歳くらいの可愛らしい女の子だった。

「お兄ちゃん。だれ？」

女の子は可愛らしく首をかしげる。

「えっと、僕はリトネっていうんだ。君は？」

「リンっていうんだよー」

そう言って女の子は輝くような笑みを浮かべるが、その名前を聞いたリトネは驚いた。

「リン？　リンだって？　まさか……」

改めて彼女の顔を見ると、水色の髪に少し垂れ目の愛嬌《あいきょう》がある顔をしており、確かに見覚えがあった。

(キチクゲームのヒロインの一人、ブラコンのリンかよ！)

まだゲームの本編が開始するまでに七年もあるのに、早くも重要な登場人物と接触してしまい、戸惑うリトネだった。


持ってきていたパンをリンに与えて少し話をしてみた。キチクゲームでは勇者をそそのかす悪女という設定だったが、実際のリンは素直でいい子だった。

「へえ、リンは普段は村長の家から出ちゃいけないって言われているんだ」

「うん。お父さんもお母さんも家から出ると怒るの」

リンはちょっと悲しそうに目を伏せる。

(たぶん、魔力持ちだからだろうな。目立って奴隷商人とかに目をつけられたらまずいから、両親も心配しているんだろう)

リトネはそう見当をつける。それは自分が母親から常に言われていることでもあった。

この世界には、魔力を持つ人間と持たない人間がいる。

魔力持ちは貴族や騎士階級に多いとされていたが、その一方でいろいろな仕事に役立つため、奴隷としての価値が高く、誘拐される危険性が常にあった。

「ねえねえ、お兄ちゃんは魔法を使えるの?」

リトネに召喚されたのでなんとなく察したらしいリンが無邪気に聞いてくる。

「ああ、リンも使いたい?」

「うん!」

リンは満面の笑みを浮かべてうなずく。

「なら、この杖を持って水の精霊ウンディーネ様に祈ってみて」

リトネはそう言うと、自分で作った杖をリンに渡す。

「うん。ええと……うんでぃーね様、魔法が使えるようになりたいです」

必死に祈り続けるリン。やがて杖から水色の光が発せられ、リンを包んだ。

『心優しき少女よ。そなたに癒《い》やしの水の力を与えましょう』

水色の光の中から出てきた精霊はリンに向かって優しく微笑《ほほえ》むと、そのまま静かに消えていった。

リンが満面の笑みを浮かべてリトネに抱きついてくる。

「お兄ちゃん。ありがとう。なんだか体の中から力が湧《わ》いてきたよ。魔法が使えるようになった気がする」

リンの頭を優しく撫でながら、リトネは心の中で考えていた。

（この子は本当に素直でいい子だな……待てよ。今のうちからしっかり教育しておけば、勇者をそそのかす悪女になるという未来を回避できるんじゃないか？）

リトネは、リンの目をまっすぐ見つめて言う。

「リン、これから僕の言うことをちゃんと聞いて、その力を正しく使えるようにならないとだめだよ」

「うん、わかった。お兄ちゃんの言うことを聞く」

リンは力強くうなずいて、リトネに笑い返す。

それ以来、リトネは彼女の先生として、魔法だけでなく物事の善悪なども教え込み、彼女はリトネを実の兄のように慕い始めるのだった。

◇
◆
◇
◆
◇

リンのポワポワした笑顔を見ながら、リトネはしみじみ思い出していた。

(原作じゃ、リトネはリンをペット扱いして、○○や××までさせたんだよな……だめだ。どう転んでも、そんなひどいことはできそうにない)

手塩にかけて育ててきたリンを、リトネは今では本当の妹のように愛していた。とても十八禁行為ができるような関係ではない。むしろそんな輩《やから》が現れたら、勇者だろうがなんだろうが駆逐してやりたい。

「リンだけは渡さんぞ!」

勝手に盛り上がってしまい、まだ見ぬ勇者に敵対心を持つリトネだった。


なんとか麦運びの重労働も終わり、一袋の麦をもらって家路に就く。

リトネの家は、崩れかけたボロ家で、村外れにあった。

「てめえ! もっと酒持ってこい!」

家の中から酒に酔った男の声が聞こえてくる。それは父ズークの声だった。

リトネが生まれたときの精悍《せいかん》な面影はなく、中年太りしたハゲ親父に成り果てている。

「あなた……もうお酒はありません。それより、リトネも働いているのです。あなたも騎士になる夢などあきらめて、畑仕事を……」

必死に夫をなだめているのは母のジョセ。長年の貧乏暮らしのせいですっかりやつれてはいるが、以前のままの美しさを保っていた。

口答えされて、ズークはますます苛立《いらだ》つ。

「うるせえ！　俺はお前なんかと駆け落ちしたから、騎士になりそこねたんだ。何が貴族のお嬢様だ！　この疫病神《やくびょうがみ》が！」

怒鳴り声とともに、ジョセが打たれるバチーンという音が響く。

「ああっ！」

慌ててリトネは屋内に駆け込んだ。

「母さん……大丈夫？」

倒れているジョセを抱え起こす。

「え、ええ。大丈夫よ。ううっ……どうしてこんなことに……」

母は口では大丈夫と言いながらも、地面に力なくへたれ込んで泣き出していた。

「……てめえ……また母さんに八つ当たりして……」

リトネはきっとなってズークをにらみつける。彼の全身から真っ黒い闇の魔力が立ち上《のぼ》って、父を威嚇《いかく》した。

「な、なんだ糞餓鬼《くそがき》。やるってのか！」

そう言うとズークは、大人げなく壁にかけてあった錆《さ》びてボロボロの剣を取ろうとする。が、酒に酔っているためうまくつかめない。焦って地面に剣を落としてしまった。

リトネはそんな父の姿を冷たい目で見ると、杖を掲げた。

「召喚」

完全に自己流ではあるが、訓練を続けていたおかげで彼は魔法が使えるようになっていた。

ズークの目の前に、大きなゼリー状のモンスターが現れる。

「うわぁぁぁぁ！　なんだこれは！」

いきなり出現したスライムに驚いて、叫び声を上げるズーク。長年怠惰《たいだ》な生活をしてきた彼は、最下級のスライムと戦う勇気すら持ち合わせていなかった。そのまま彼は逃げ出していく。

「母さん。奴にお仕置きしてやったよ。――って、え？」

振り返ったリトネが見たものは、目に涙をいっぱいに溜《た》めた母の姿だった。

次の瞬間、バチーンという音がしたと思ったら、リトネの頬がぶたれていた。

「いつも言っているでしょ。その召喚魔法は使っちゃいけないって！」

「なんでだよ！　この魔法のおかげであいつを追い払えたのに！」

頬をぶたれたリトネは口を尖《とが》らせて反抗した。が、母の悲しそうな目を見て、思わず俯いてしまう。

「お願い、聞き分けて。私たちが闇の魔法を使えると村の人にばれたら、どうなるかわからないの。

あの人に知られたら……」

何かに怯《おび》えるような母。そんな彼女にリトネは告げる。

「あの人って……俺の祖父《じい》さんのことかい？」

「リトネ！」

「……俺はもう子供じゃない。母さんは隷属の首輪をつけてごまかしているけど、本当の身分はわかっているよ。この領を支配する……」

「それ以上言わないで！　お願いだから！」

そう叫んで母はリトネを抱きしめる。

そのあまりの必死さに、リトネはそれ以上言えなくなった。しばらくして母が落ち着いてきたのを感じ取ると、リトネは口を開く。

「……なんでこんな暮らしに甘んじているんだ？　祖父さんに言えば……」

「だめよ、あの人は恐ろしい人なの。私が平民の男と結ばれて、子供まで作ったことを知られたら……。私だけならいい。けど、あなたは血統を汚す者として、処分されるかもしれない」

母の様子から、本当に恐れをなしていることが伝わってきた。

（でも、そうなのかな？　キチクゲームのリトネは、結局大貴族のお坊ちゃんで好き放題していたんだから、母さんが思うようなことにはならないと思うけど……。まあ、まだ時期が来てないってことなのかな。もうちょっと我慢しておこうか）

母の腕の中で、リトネはそんなことを考える。

しかし、残酷な運命の歯車はすでに回転しており、リトネを思いもよらぬ方向へと導こうとしていた……。

◇◆◇◆◇

今日は、ひと月に数回の月が青く輝く「蒼月夜《そうげつや》」であった。

魔物が活発になるため、ほとんどの人が家に閉じこもって早く寝る。

にもかかわらず、村外れを一人の酔っ払いが歩いていた。リトネの父、ズークである。

「ひっく……くそ！　あの糞餓鬼め！　いつか奴隷として売り飛ばしてやる！」

愚痴をこぼすが、その声には勢いが欠けていた。

本音を言えば、闇の魔力を持つ息子が怖くてたまらないのである。

「くそ……若いときの恋愛なんか、ハシカみたいなもんだ。あのとき、貴族の令嬢なんかと駆け落ちしなければ、今頃は騎士になれていたかもしれないのに……おまけに息子に魔力が宿っているなんて！　もし領主にバレたら……俺は縛《しば》り首になるかも……」

そうつぶやいて、これまでの人生を後悔するズーク。

今は見る影もないが、これでも昔はこの村どころか領内にその名が響き渡った凄腕《すごうで》の戦士だった。

そして、一般参加のトーナメントで優勝したことがきっかけで、この領を支配するシャイロック金爵家に仕官するようになる。兵士として手柄を上げていけば、やがては騎士にも成り上がれる。

そんな希望を抱いていた矢先、よりによって領主の娘の護衛に選ばれてしまったのである。

そして若い二人は身分違いの恋をしてしまい、当主であるイーグル・シャイロック金爵から逃げるように、ズークの故郷であるロズウィル村に帰ってきた。

そんな彼を迎えたのは、温かい言葉ではなく、故郷の期待を裏切った罵声であった。

「あはは、粋《いき》がって村を出ていったのに、尻尾巻いて帰ってきやがった！」

「俺は畑仕事で一生を終える人間じゃないって大口叩いて、このざまか！」

「手に入れたのは奴隷女一匹！　たいした成果だな」

子供の頃は自分の子分だった村人たちが、馬鹿にしてあざ笑ってくる。

昔いじめていた奴がいつの間にか親のあとを継いで村長になっていたことも災いし、ズークに対する風当たりは強く、ほとんど村八分状態になってしまった。

そして今では、実の息子にさえ怯える有様である。

「くそっ！」

つばを吐きながらふらつく。そのときいきなりあたりが暗くなった。

「なんだ？」

思わず空を見上げた彼の目に、黒いマントを着た女の姿が映った。

「だ、誰だてめえは！」

腰が引ける彼に、その男装の麗人《れいじん》は優しく問いかける。

「失礼。今宵《こよい》の出会いに感謝を。私は魔皇妃《まこうひ》カイザーリン。以後お見知りおきを」

そして宙に浮いたまま、馬鹿丁寧に礼をする女。しかし、その顔にはあざけるような笑みが浮かんでいた。宙を浮く女を見て、ズークは恐怖におののく。

「ま、まさか貴様は！　魔族？」

逃げようと思っても、その美女の赤い目に見つめられると動けなくなる。

カイザーリンは硬直するズークに、優しく問いかけた。

「リトネという少年を探しているのだが、知っているかな？」

「リトネは俺の息子だ……」

赤い目に射抜かれ、夢うつつとなったズークは正直に答えてしまう。

カイザーリンが冷たく笑って告げる。

「それなら都合がいい。私は我が夫を助けたいのだ。だから君に協力してほしい。我が夫の予知によると、君の息子リトネ君は、将来我が魔族にとってきわめて重要な役割を果たす宿命を背負った人物なのだ」

「重要な宿命？」

「そう、彼は、勇者に対抗できる人物……くくく」

カイザーリンの赤い目が、ズークの心を狂わせていく。

「実の父である君に、彼を墜《お》としてほしい……」

カイザーリンはそう言うと、優しくズークに口付けをするのだった。

† リトネの家

自分の寝床になっている屋根裏部屋で、リトネは一人で愚痴っていた。

「やれやれ……転生して以来ずっと苦労しっぱなしだなぁ」

女神ベルダンティーの話に乗ってこの世界に来てみたものの、生まれ変わったのは悪役として名高い、「ヒロイン奪い野郎」ことリトネ。最初はこんな人物に転生させられて腹が立った。が、よく考えたら、勇者を牽制《けんせい》する人物としては最適であるとも言えた。

しかし、貧乏暮らしと父親による毎日の暴力には、ほとほと辟易《へきえき》していた。

「まあいいか。俺は全部知っているんだ。そのうち大貴族である祖父さんが迎えに来るんだから。親父はクソ野郎だから放っておくとしても、母さんとリンは一緒に連れていってやろう」

そう思って毎日をがんばっている。さらに、リトネはその先のことも計画していた。

「俺はヒロインたちを奴隷になんかしないいし、勇者に勇者の剣を取りに行かせたりもしない。魔王の封印を解いてしまうなんてまっぴらだ。幸いヒロインの一人、リンは懐いてくれた。他のヒロインたちとも出会ったあとは親切にしてやって、徐々に仲良くなっていけばいいだろう」

一人でハーレムを妄想してにやけるリトネ。

彼のこれからの計画は、そもそも勇者に剣を抜かせないこと。万一魔族が復活してしまった場合は、勇者にとっとと伝説の武器でもアイテムでも押し付けて、ぼっち状態で魔皇帝を倒してもらうエンディングに誘導することだった。

「あともう少しの辛抱《しんぼう》だろう。キチクゲームの物語が始まる十五歳の時点では、リトネは金持ち貴族のお坊ちゃんだった。母さんには祖父さんに会いたくない何か後ろ暗い事情があるんだろうけど、なんとか説得して祖父さんと和解してもらおう」

そんな見通しを立てて、リトネは安心していた。

ちなみにリトネの祖父、イーグル・シャイロックは、国で一番の金持ちで財務大臣。おまけに貴族の爵位の中でもっとも権力がある金爵である。

ゲームで魔公を次々と倒して強くなっていった勇者が、敵対するリトネに簡単に手を出せなかったのも、シャイロックの影響力が強かったからであった。

「えっと……今十二歳だから、遅くてもあと三年でこの生活ともおさらばだな」

リトネがそう考えたとき、村の中心のほうから騒ぎが聞こえてきた。

「キャーーーー！　グールが出たわ!!」

「逃げろ!!　食われるぞ！」

ただならぬ叫び声に、急に冷静になるリトネ。

「何かあったのか？　もしかして魔物の襲撃？　やばいな！　魔物は魔力持ちを特に好む。もしリンが傷つけられたら！」

リトネは家から出て、一目散に村長の家に向かって走っていった。


「ぐわぁぁぁぁぁぁ。……ドコだ……」

村で一番大きな建物の前で、村人たちを襲いながら怪物が叫んでいる。真っ白い顔をして白目を剥《む》きよだれを垂らす、その魔物の正体は、変わり果てたズークであった。

「ばかな！　こんなところにグールが出るなんて！　ランクCの魔物だぞ！」

「くそっ。ズークの奴、グールになりやがった！　どこまで人に迷惑かけやがるんだ！」

逃げ惑う村人たち。グールと化したズークは以前よりはるかに強化されており、村人を見ると手当たり次第に襲って殴り倒していった。

「逃げろ！」

村人たちは蜘蛛《くも》の子を散らすように逃げていく。

グールとは魔物の呪いが込められた元人間で、瘴気《しょうき》を吹き込まれることでグールになると言われていた。力が強く、訓練を受けた騎士が三人がかりでやっと互角に戦えるレベル、ランクCの魔物である。

つまり、どうあがいても村人たちだけでは勝てる相手ではなかった。

「きゃっ！」

家を破壊しながら暴れ回るグールに捕まってしまったのは、慌てて逃げ出してきたリンである。

それを目撃したリトネが急いで杖を振る。

「リン！　召喚！」

すると、グールの腕の中からリンの姿が消えて、リトネの側に現れた。

「お兄ちゃん、ありがとう！」

「リン、逃げろ！　こいつは並の魔物じゃない！」

リンを後ろにかばい、リトネは杖を構えてグールと相対した。グールはよだれを垂らし、憎悪に燃えた目でリトネを見つめている。

（落ち着け……生まれてから今日まで、さんざん訓練を重ねてきたんだ。俺に与えられた「召喚」という力を使いこなすために。今こそ、修行の成果を見せるときだ！）

初めての実戦である。緊張する心を制御しながら、リトネは杖を高く掲げて、周囲の気配を探《さぐ》る。

そして目当てのものをすぐに見つけた。

「召喚！　ありったけのスライムよ！　ここに来い！」

目の前のグールに向けて、召喚魔法を使う。

次の瞬間、何百匹ものスライムが現れ、グールの体を覆った。

「グオォォォォォォォォ」

スライムにたかられたグールは滅茶苦茶《めちゃくちゃ》に暴れるが、体に取り付いたスライムは簡単には離れてくれない。

そしていっせいに消化液を出され、グールの体は溶け始めた。

「ガァァァァ……リトネ……」

ボロボロになったグールが、力尽きて倒れる。

同時に、リトネも魔力を使い果たし、へなへなとその場にへたり込んだ。

「はあ……やった。倒した……」

相手を完全に倒したと思ってほっとするリトネ。

「お兄ちゃん！　すごい！　かっこいい！」

後ろにいたリンが歓声を上げる。

「へへ……そうか？」

リトネは後ろを向くと、照れくさそうに頭を掻《か》いた。

しかし次の瞬間、倒れていたグールが、ばね仕掛けの人形のように跳ね起きた。

「グオッ！　リトネ！」

最後の力で、リトネの首筋めがけて飛びかかる。

「キャッ！」

リンが悲鳴を上げる。が、すべての魔力を使い果たしていたリトネに動く力は残っていない。為すすべもなく噛み付かれようとした瞬間、リトネとグールの間に、何者かの影が割り込んだ。

「あなた！　やめて！」

「ぐぉぉぉぉ！」

グールの勢いは止まらない。割り込んだ影に噛み付く。

振り向いたリトネは悲鳴を上げた。自分の身代わりとなってグールに噛み付かれたのは、母ジョセだった。

「母さん！」

「あなた……一緒に逝《い》きましょう……」

ジョセはグールとなったズークに噛み付かれながら、優しく微笑む。そして、その手に持っていた小さな杖を振って告げる。

「召喚」

ジョセの杖から現れたのは、小さな短剣である。柄は黄金でできており、キラキラと輝く刃には何かの紋章が入っていた。

「さようなら……」

消え入りそうな声でそう言うと、ジョセは最後の力を込めて、ズークの首を掻き切った。

ズークは地面に倒れ込む。

ジョセも首から血を流しながら、ズークともつれ合うように倒れた。

「母さん！　そんな……」

倒れた両親を見て、リトネは言葉を失っていた。そしてすぐに駆け寄ると、父親には目もくれず、母親を抱き起こした。

「母さん……なぜ……」

「親が子供をかばうのは、当たり前……でしょ？」

ジョセは苦しそうに息をしながら、無理に笑みを浮かべた。

「母さん……嫌だ！　死ぬな！」

「残念だけど……もう力が残っていないの。でも、びっくりしちゃった。あなた……自力でここまでの召喚魔法を使えるようになっていたのね」

ジョセはリトネの手を握って微笑む。

「母さんは反対してたけど、もっと魔法を使えるようになりたくて、隠れて特訓していたんだ。ごめんなさい」

「いいのよ……これなら、父上もあなたを認めてくれるかも……この短剣を……」

先ほどジョセが召喚した短剣をリトネに渡す。

「最後のお願いよ。私が死んだら、ベッドの下に……父上への手紙があるわ。それを出して……父上にこの短剣を見せればきっと……」

ジョセのリトネの手を握る力が、どんどん弱くなっていく。

「母さん！　死んだらなんて嫌だ！　一緒に祖父さんのところに行こう！」

「聞き分けがない子……ね。おねがい……します」

「……わかった。そいつを下がらせろ」

突然、後ろから声をかけてきたのは村人たちである。

いつの間にか、リトネの近くに村人が集まっていた。彼らはリトネを無理やりジョセから引き剥がした。

「な、なにをするつもりだ！」

「グールに噛み付かれた者は、グールになる。だから首を切り落とすしかないんだ」

そう言う村人の顔には悲痛な表情が浮かんでいたが、決意は固いようであった。倒れているジョセの前に立つと、大きく斧を振りかぶる。

「や、やめろぉぉぉぉぉぉぉぉぉぉぉぉ！」

「やれ!!」

こうして、速《すみ》やかに処置が行われた。リトネはただ叫び、狂ったように暴れることしかできなかった。

† リトネの家

あれからリトネは暴れ続けた。そのため、仕方なく村人たちによって押さえつけられ、自宅にぶち込まれた。

「……母さん……あんな死に方をするなんて……」

家の中で、リトネは蹲《うずくま》って震えていた。前世の記憶持ちとはいえ、彼にとってジョセはこの世界に産み落としてくれて、今日まで育ててくれた母であった。

心から慕っていたジョセの死を悼《いた》んで、ただずっと泣き続ける。

どれくらい泣いていたか、時間の感覚もわからなくなった頃、人の気配を感じてリトネは顔を上げる。

いつの間にか、リンが来て、リトネに寄り添っていた。彼女も涙を流している。

「お兄ちゃん。お母さんのこと……ごめんなさい。私のせいで……」

リンもリトネに負けないくらいジョセの死を悲しんでいた。その死の原因は自分にあると感じていたのである。

リンを見つめていると、リトネの心が落ち着いてきた。

「……リンのせいじゃないさ。俺はもう大丈夫だよ」

無理に強がってみせるリトネ。そうして泣いているリンの頭を撫でて、彼はベッドの下を探る。ジョセの遺言の手紙を探すためである。

ジョセの最後の言葉通り、そこには祖父イーグル・シャイロックへの手紙があった。


親愛なるお父様。あなたの意思に背いて、平民の男と駆け落ちした私など、今さら娘と名乗る資格はないのかもしれません。

一時の激情に流され、貴族の義務に従わず逃げ出した私は、世間のことを何も知らない愚か者でした。

しかし、生まれた子供に罪はありません。

どうか、我が子リトネをお引き立ていただけますように、お願い申し上げます。

ジョセフィーヌ・シャイロック

さんざん迷ったのか、ところどころ文が乱れていた。また、涙のあとがあった。

(……俺を祖父さんのところに預ける気だったのか。せめて俺だけでも貴族に戻そうとしたんだな)

手紙からは、若気の至りで家を飛び出したことの後悔、そしてせめて息子だけでも平民の苦しい生活から救い出そうという愛情を感じた。

その手紙を読んで、リトネはだんだん冷静になっていった。

(でも、やはり愛だけじゃだめだな。幸せな生活はちゃんとした経済基盤あってのことだ。それがないから親父は堕落し、母さんは苦しんだ。貧乏なままじゃ、世界どころかリン一人ですら救えない)

そう考えて、リトネは隣にいるリンを見つめる。妹も同然の愛しいリン。彼女は泣きながらリトネに寄り添っていた。

(俺は絶対、親父のようにはならない。自分の力になるものならなんでも受け入れてやる。キチクゲームの勇者の敵役《かたきやく》で、甘やかされたお金持ちのお坊ちゃんだって？　上等じゃないか。俺は祖父さんの元に行って、『貴族のお坊ちゃん』になる！)

母からもらった短剣を取り出して見つめ、リトネはそう誓うのだった。

そのとき、いきなり家のドアが開かれる。入ってきたのは村長と数人の村人。彼らは全員武器を持ち、怒り狂った顔をしていた。

「この糞餓鬼を捕らえろ！」

村長がそう命令すると、男たちはリトネを殴りつけ、縛り上げて床に転がす。

「お父さん！　お兄ちゃんに何するの⁉　ひどいことはやめて！」

リンが慌てて頼み込むが、村長は冷たかった。

「リン！　こいつはお前の兄ちゃんなんかじゃない。村人を襲ったグールの息子だ！　まったく、昔からこいつの親父のズークは気に入らなかったんだ。ただ強いだけの役立たずが、俺を差し置いて村の代表気取りで都会に行きやがって！　それで兵士を首になり帰ってきたと思ったら、よりによってグールになって村人を襲うとはな！」

村長の顔には憎しみが浮かんでいた。リトネを拘束している村人たちも同様である。彼らはズークによって怪我を負わされた者たちだった。

怒り狂う村長に、リトネが尋ねる。

「それで、俺をどうするつもりだ」

縛り上げられているのにもかかわらず、ふてぶてしい態度を取るリトネに気分を害し、村長はますますいきり立つ。

「ふん！　親も気に入らないが、お前はもっと気に入らねえ！　どこの馬の骨かも知らない奴隷女の子供の癖に、俺の可愛いリンに手を出しやがって」

村長はさらにリトネを痛めつける。それでもなお、怯《ひる》むことなくリトネは告げる。

「……こんなことをして、あとで後悔するなよ」

いたたまれなくなったリンが泣いて父親に懇願する。

「やめて！　お父さん！　お兄ちゃんを離して！」

「だめだ！　こいつは奴隷商人に売り飛ばしてやる！」

村長の命令で、リトネは地下牢に連れていかれるのだった。

村の外から遠視《えんし》の魔法ですべてを見ていたカイザーリンは、にんまりとほくそ笑む。

「ふふふ……うまくいったな。これで奴は人間を信じなくなる。満たされない思いは奴を邪悪へといざない、勇者と敵対し、人間そのものを内部から滅ぼす我らの駒《こま》となるのだ」

笑みを浮かべるカイザーリン。

やがて、彼女に強烈な眠気が襲ってきた。

「くっ……もう夜明けか。また眠りにつかねばならぬ」

忌々《いまいま》しげに沈みかけた青い月を見て、カイザーリンはつぶやく。

「魔皇帝様……かならず、魔族を復活させ、世界の支配を……」

高笑いしながら、カイザーリンは消えていった。


もちろんそんなことが起きていようとは知る由もないリトネは、牢の中でじっと考え事をしていた。

そのとき、誰かが地下牢の前にやってくる。

「お兄ちゃん……」

リンはふらふらと入ってくると、冷たい牢の床に座り込んだ。

「ごめん……なさい。あのとき、私が声をかけなければお兄ちゃんのお母さんは死なずに済んだのに。それに、お父さんがこんなことをして……ほんとうに、ごめんなさい！　これを持ってきたの」

リトネの前で頭を下げて、取り上げられていた短剣と手紙をリトネに返す。

リトネは優しい笑みを浮かべた。

「……リンのせいじゃないよ。僕が油断したのが悪いんだ」

リトネは牢の鉄格子《てつごうし》の間から手を伸ばして、リンの頭を撫でる。

「でも……」

「……僕にもっと力があれば……大切な人を守れたのに。もうこんな失敗を繰り返したりしない。リンは俺が守ってみせる」

リトネは、すでに母親の死から立ち直っていた。

カイザーリンの作戦は成功したように見えたが、二つの点で誤算があったのである。

一つは、リンという彼を愛する存在がいたこと。大切な人がいる限り、どんなにひどい仕打ちを受けてもリトネは人間に絶望したりはしない。

もう一つは、リトネの精神年齢は十二歳の未熟な少年ではないということ。今のリトネは前世の記憶を継承した三十オーバーの大人なのである。

子供ならば絶望したかもしれない。しかし、彼は大人である。どうしてこんな悲劇が起ったのか、その原因が自分の無力さにあることをちゃんと受け止めることができた。

そして、自分が今置かれている状況を冷静な目で見ることもできる。

（やれやれ。ほんとリトネの人生ってハードモードなんだな。子供のときにこんな悲惨な経験してたら、歪んで育つのも無理ないか。でも、これはたぶん祖父さんと出会うフラグなんだな）

未来を知っているリトネは、この状況を客観的に見る余裕もあった。

（大貴族である祖父さんに気に入られるためには、どういう態度を取ればいいかな……）

リトネは狡猾《こうかつ》な大人らしく、これからの作戦を練るのだった。


リトネを捕まえた村長が、嬉々として知り合いの奴隷商人と会っている。

「村を騒がせた鼻つまみ者の少年を売りたい」

「……そいつの親の許可は得ているんだろうな？」

いかにも奴隷商人といった、暗い目をした男が慎重に確認する。

「そんなものは必要ない。親はすでに死んでいるからな。その親というのも村を襲った罪人だ！」

村長は憎々《にくにく》しげに、村を襲ったグールの事件を話した。

「親は死んだ罪人で、本人も目障《めざわ》りなごくつぶしなんだ。さっさと連れていってほしい」

「……わかった。とにかく見させてもらおう」

村長と奴隷商人が村の地下牢に行くと、そこでリトネは静かに瞑想《めいそう》していた。彼の体からは、真っ黒い闇の魔力が立ち上っている。

「こいつは……魔力持ちか？」

「そうだ。魔力持ちの奴隷は価値があるんだろ？　高く買い取ってくれ」

そう言いながら物すごく嬉しそうにする村長に対し、奴隷商人は慎重な態度を崩さなかった。万が一奴隷にした人間が貴族につながりがあったりすると、身の破滅だからである。

「……魔力持ちは貴族の血を引くものが多い。まさか、こいつもそうなんじゃないか？　厄介《やっかい》な貴族の血を引くなんてことがあれば問題だ」

「安心しろ。こいつの父親はこの村出身の平民だ。母親はそいつがどこからか連れてきた奴隷女。もしかしたら先祖に貴族がいたのかもしれないが、今となってはそんなことは誰もわからないだろう。さあ、早く買い取ってくれ」

村長が自信満々に言い放ったとき、リトネは静かに目を開けて、男に話しかけた。

「……あんた、奴隷商人なのか？」

「そうだが？」

自分を見ても動揺しないリトネに、奴隷商人はちょっと気圧《けお》される。

悪い予感を覚えた奴隷商人は、村長に頼み込む。

「こいつと二人だけで話したいが、いいか？」

「別に構わないぞ。納得するまで査定してくれ」

そう言うと、村長は地下牢を出ていく。残された二人の間に沈黙が降りた。

「なあ……あんたは……」

何か言いかける奴隷商人に対し、リトネは無言で持っている短剣の刃を見せ付けた。

そこに描かれている紋章を見たとたん、奴隷商人の顔色が変わる。

「……そ、それは！　ということは、まさか……」

驚く奴隷商人に、リトネはうなずく。

「母の形見《かたみ》だ。母の本名はジョセフィーヌ。実家はシャイロック家というらしい。あんたなら知っているだろう。この領地を支配している金爵家だ」

それを聞くと、奴隷商人は真っ青になって動揺した。

「ま、まさか！　なら、お前……いや、あなたは……なぜこのようなところに！」

「母にはいろいろ複雑な事情があるようだ。お前に頼みがある。お祖父様にこれを渡してくれ」

そう言ってリトネは母の書いた手紙を男に渡す。うやうやしく受け取った奴隷商人は、彼の前に跪《ひざまず》いた。そして敬意を払って告げる。

「ここから出て、私と一緒にご領主様のところに行きましょう」

「そうはいかぬ。今の私は何者でもないただの小僧だ。村を騒がせた罪人の子供でもある。だから牢から出るわけにはいかぬな」

冷たい地下牢に正座して、じっと奴隷商人を見つめるリトネ。その姿からは、確かに気品が感じられた。

「わかりました。必ずこの手紙を祖父君までお届けいたします」

奴隷商人は立ち上がると、一目散に村から出て領都に向かうのだった。


ロズウィル村から馬車で北上すること、三日。そこにシャイロック領、領都エレメントがある。

王都に次ぐ第二の人口を誇る大都市であり、全国から商人が集まる商業都市でもあった。

その領主邸に、息も絶え絶えで走り込んでくる者がいる。

男は玄関先で力の限り訴えた。

「お館《やかた》様に緊急の報告があってまいりました！　ぜひご面会を！」

「お館様は政務の最中である。邪魔してはならん」

屈強な騎士に追い返されそうになるが、彼も必死である。

「では、せめてこの手紙をお届けください！」

「そのようなものなど……ん？　こ、これは！」

その手紙の差出人を見て騎士は驚く。十二年前に行方不明になった、シャイロック家の一人娘の名前だったからである。彼女の捜索は未だに続けられていた。

「貴様！　このお方の名前を出すとは、間違いでは済まされんぞ」

殺気立った騎士にすごまれ、奴隷商人も震えながら言い返す。

「この手紙を託した少年は、確かにシャイロック家の紋章が入った短剣を持っていました」

「うむむ……わかった。ならば、お館様にお届けしよう」

「よ、よかった……」

奴隷商人は安堵《あんど》のあまり、その場にへたり込む。

手紙は騎士の手により、速やかに領主がいる執務室に運ばれた。

「緊急の報告とは、なんだ？」

眉間《みけん》に皺《しわ》をよせて騎士に問いかけたのは、この領を支配するイーグル・シャイロック金爵その人である。彼は膨大な政務に取りかかっている最中に邪魔されて、若干不機嫌だった。

「はっ、失礼かと思いましたが、あまりにも重大なことなので、ご報告に上がりました」

騎士がそう言いながら、手紙を差し出した。

「……なに？　ジョセフィーヌだと！」

手紙の差出人をひと目見るなり、イーグルは慌てて手紙を読んだ。

手紙を読み進めるうちに、イーグルの顔は赤くなったり青くなったりした。

「うむむ……ジョセフィーヌは平民の男と駆け落ちをしていたのか!?　貧しい暮らしをして、ワシに従わなかったのを後悔しておると……馬鹿者が！　さっさと帰ってくればよかったものを。……まあよい。息子がおるのじゃな。ワシに孫が……」

読み終えたイーグルは、何やらニヤニヤしている。

「昔の話じゃ。心憎いが仕方あるまい。その間男《まおとこ》はともかく、娘と孫は引き取ろう。ふふふ、リトネとはどんな子なのじゃろうか。我が跡を継ぐに相応しい、立派な少年ならよいのじゃが……」

そんなことをつぶやいたあと、あることに気づいてハッとなる。

「待てよ。なぜ奴隷商人などに手紙を託したのじゃ。子供と一緒にここに来ればよいものを……」

そう思うと、急に不安になってきた。

「……すぐにその奴隷商人を連れてこい！」

イーグルの命令で奴隷商人が呼ばれ、すぐさまロズウィル村で起きた出来事が伝えられた。

「なんだと!!　ワシの娘は死んでいて、その子が奴隷にされておると!!」

イーグルは、衝撃のあまりしばらく呆然としていた。

「は、はい。村長が言うには、両親ともすでにこの世にないと……」

奴隷商人は領主の怒りを恐れて、地面に平伏《へいふく》している。

「なんということだ……それで、貴様はなぜワシの孫をここに連れてこなかったのだ！」

「それが、自分は今は何者でもないただの小僧。そのうえ、村を騒がせた罪人の子だから、牢から出るわけにはいかぬとおっしゃられて……」

奴隷商人が恐縮しながら説明すると、イーグルは傷ついた顔をした。

「馬鹿なことを……自分の出生に引け目でも感じておるのか。父親などどうでもよいというのに。我が娘ジョセフィーヌの子である以上、リトネはワシのただ一人の孫じゃ！」

イーグルが吼《ほ》えると、奴隷商人は機嫌を取るように言う。

「リトネ様は貴族としての気品を持っておられます。牢に入れられても毅然《きぜん》とした態度でした」

それを聞いたイーグルは一刻も早くリトネに会いたくなった。

「ええい、すぐに連れて……いや、ワシが迎えにいく。すぐに支度をせい！」

イーグルの命令で、その日のうちに慌ただしくエレメントを出発するのだった。

† 三日後

ロズウィル村に、きらびやかな鎧《よろい》をまとった騎士団が到着する。

いきなり田舎に領主が来たと言われた村人たちは全員そろって平伏して出迎えた。

「ご領主様には、ご、ご機嫌うるわしゅう……よ、よくぞお起こしくださいました」

村長の声が震えているのも無理はない。彼の上に立つ地方の代官ですら、領主から見れば下っ端役人にすぎない。村長にとっては、領主など見たこともない雲の上の存在だった。

「……」

豪華な馬車から降りてきたイーグルは、そんな彼を不機嫌そうに冷たく一瞥《いちべつ》するだけで声もかけない。

「あ、あの……わざわざこんな村まで、どのような御用でしょうか？」

それでも卑屈に話しかける村長に対して、イーグルは初めて口を開いた。

「我が一族と同じ闇属性の奴隷がいると聞いて、確認しに来たのだ。だが、その前に、グールに襲われたので、やむなく首を切り落としたという女の死体を見せてもらおう。皆の犠牲になった哀れな女だ。もちろん丁重に葬《ほうむ》ったであろうな」

イーグルの冷たい顔を見て、慌てて村長は言い訳する。

「そ、それが、その、グールに噛まれた者なので、その……奴隷女でもありましたし……」

「このワシに二度同じことを言わす気か？」

イーグルの視線を受けて、騎士たちが剣を鳴らして威嚇《いかく》する。

「ひ、ひいっ。女の遺体は村外れの荒野に捨てました！」

「なんだと！　貴様‼」

イーグルは鬼のような顔になる。

このままでは無礼討ちしそうだったので、側近の騎士が慌てて間に入った。

「お館様、私どもが確認してきましょう」

「……ああ。頼む。何かの間違いであってほしい。ジョセフィーヌ……」

天に向かって祈るイーグルだが、儚《はかな》い願いはすぐに絶望に変わる。村長の案内で村外れの荒野から持ち帰られた死体には、ところどころ魔物に齧《かじ》られた跡があったが、まだその顔には美しさが残っていた。ひと目見るなり、イーグルは涙を流す。

「なんという無残な姿に……愚か者め。あのときワシの言うことを聞いて、政略結婚を受け入れていれば……いや、ワシがもう少し気をつかっておれば……こんなことにはならなかったのに」

「ご領主様は、この奴隷女をご存知なのでしょうか？」

イーグルのただならぬ様子に不安に駆られた村長が聞くと、彼の怒りが爆発した。

「奴隷だと！　愚か者が！　ジョセフィーヌは我が娘だ！」

「ひいっ！」

村長は、真っ青になって土下座する。

「ジョセがご領主様の娘？」

「えっ？　だとすると、リトネは……げっ！　も、申し訳ありません！」

リトネを冷たく扱っていた大人たちも顔色を失う。

「お、お前たちも謝りなさい！」

親たちはリトネをいじめていた悪餓鬼たちを捕まえて、一緒に土下座させた。

イーグルはそんな彼らを今すぐにでも皆殺しにしたい思いに駆られるが、なんとか自制する。

「それで、娘の子がいると聞いたが、どこにおるのじゃ！」

「ひ、ひいい。お許しを！　今すぐお連れ……」

「ワシをそこに連れていけ！」

イーグルの怒鳴り声が村中に響き渡る。村長は死人のような顔色になって、村の地下牢に案内するのだった。

†　地下牢

リトネは地上で大勢の人が騒いでいる声を聞いて、祖父が来たのだと見当をつける。

「これからが大事だぞ。第一印象が一番大事だからな」

ろくに食事も水も与えられてなかったのでお腹がすいていたが、なんとか体を起こすと、ピシッと背筋を伸ばし、正座して祖父を待った。

しばらくすると、いかにも偉そうな顔をした老人が地下牢に入ってくる。村人に殴られ、ところどころ血のにじんだ服を着てやつれた様子の少年を見て、その老人——イーグルは表情を曇らせた。

「お前が我が孫、リトネか？」

イーグルはリトネをまっすぐに見て尋ねる。

「はい。お初にお目にかかります。お祖父様」

リトネはイーグルの目を見返して、しっかりと答え、深々と頭を下げた。

しばらく見つめ合っていたが、ふいにイーグルは相好《そうごう》を崩す。

「ふむ。娘をかどわかした平民男の血を引くとはいえ、その闇の魔力は確かに我が一族のものだ。

ワシはお前の祖父、イーグル・シャイロックじゃ。今まで苦労をかけたようだな」

「いえ、この程度、なんということもございません」

リトネは明らかに無理した様子で笑ったが、体はガリガリに痩《や》せ細り、あちこち傷つき汚れている。

それでも背筋を伸ばして自分に相対するリトネの姿に、イーグルは感銘を受けていた。

「はっはっは。ワシを目の前にして、その堂々たる態度。さすがは我が孫よ。気に入った！　大いに気に入ったぞ。娘は素晴らしい孫を残してくれた！」

小気味よく笑うイーグルが、後ろで震える村長に命令する。

「何をしておる！　ワシの孫を早く牢から出せ！」

「ひ、ひいいっ！　ただ今！」

慌てて村長は牢の鍵を開ける。リトネはゆっくりと立ち上がり、牢から外に出たところで腹がグーッと鳴った。

「こ、これは、失礼しました。少々お腹がすいていたもので……」

決まり悪そうに頭を掻くリトネに、イーグルは噴き出す。

「ははは。面白い奴だ。お前は我が孫にして、ただ一人のシャイロック家正当爵位継承者である。今日からリトネ・シャイロックと名乗るがいい！」

「はい！」

リトネは元気よく返事をするのだった。

◇◆◇◆◇

牢を出て風呂に入り、髪と衣服を整えると、リトネは見違えるように美しくなった。

どこから見ても立派な貴族の若様《わかさま》である。貴公子となったリトネを見た村人たちは恐れおののき、ひたすら慈悲を請うた。

イーグルはリトネの立派な様子を目を細めて見ていたが、やがて村人たちのほうに目をやると厳しい顔をして睥睨《へいげい》する。

「貴様たちが今までしてきたことは孫から聞いた。正直、ワシは腸《はらわた》が煮えくり返る思いじゃ。そもそもこの村の出身であるズークは平民の分際で我が娘をかどわかして逃げ出したと聞く」

「……」

村人たちは真っ青になって、土下座をする。

「……そのことは百歩譲って見逃してもよい。リトネという立派な後継者を生んだ功もある。しかし、我が娘の遺体を荒野に捨て、我が孫を牢に入れ、奴隷として売り飛ばそうなどと！　断じて許してはおけん!!」

イーグルの怒鳴り声が、雷鳴のように村中に響き渡る。

このままでは首が飛ぶと思い、村人たちは必死の弁解を始めた。

「そ、それは、おらたちは知らなかっただ！」

「村長が勝手にやったことで……！」

「そうだ！　村長は今までも、リトネ様をこき使って虐待していた！　あいつがすべて悪いんだ！」

村人たちから村長を非難する大合唱が湧き上がる。彼らは村長にすべての罪を押し付けて、処罰から逃れようと必死だった。

「お、お前たち……ち、ちがう。私だけじゃなくて、村の皆も」

村長は自分だけの責任じゃないと、必死に悪あがきをする。醜い責任の擦《なす》り付け合いを見せられて、ますます不機嫌になったイーグルは、リトネに視線を向けた。

「リトネ、この者たちの処分を任せよう。知らなかったとはいえ、シャイロック家の血を引く者を奴隷になどと、平民の分際で許してはおけん。存分に成敗するがいいぞ」

それを聞いて、リトネは考え込む。醜く争う村人たちを見回していると、たった一人だけ彼らと違う行動をしている人物と目が合った。

「リン……」

この村で、母以外に唯一味方してくれた、愛しい妹のような彼女は、ただじっと目を閉じて祈っている。

（お兄ちゃん……ごめんなさい、お父さんを……村のみんなを……ゆるして）

言葉に出さなくてもリンの想いは伝わってきて、リトネの心を揺らした。

確かに村長には恨みがあった。今までこき使われ、奴隷として売り飛ばされそうになったのである。しかし、彼はリンの父親でもあった。

また、村人や悪餓鬼たちに対しても怒っていた。さんざんいじめられ、村八分に近い扱いを受けてきたのである。しかし、それでもロズウィル村は彼の故郷であった。

涙を流しながら祈り続けるリンを見つめていると、リトネはふいにあることを悟った。

(今、ここが運命の分かれ道なんだ。よく考えたら、原作でもリンはリトネの幼馴染だった。そのリンがリトネを差し置いて、勇者をお兄ちゃんと呼ぶなんておかしな話だ。きっと原作のリトネは、ここで村長や村人に復讐《ふくしゅう》したからリンに嫌われたんだ。だとしたら、俺はどうすべきか?)

一つ深呼吸して、必死に復讐心を抑える。

醜く争う村長や村人たちを無視して、リトネはリンに笑いかけた。

「……リン。僕はお祖父様についていくよ。でも一人じゃさびしいな。一緒に来てくれるかい?」

「……いいの?　お兄ちゃんと一緒にいたい」

リトネに誘われたリンは、涙を拭いて笑顔を見せた。

リトネは優しい顔をして、イーグルに頼み込む。

「お祖父様。彼女は村長の娘で、リンと申します。私にとっては、地獄のような生活でたった一つの救いとなった、妹にも等しい存在です。世の中には親の罪で不幸になる子供もたくさんいます。

ならば、たまには子の功で親が許されることがあってもよいと思います。リンが来てくれるのなら、私は村長たちを許そうと思います」

「……お兄ちゃん……ありがとう……」

それを聞いたリンが、笑みを浮かべて抱きついてくる。村人たちも責任の擦り付け合いをやめて、固唾《かたず》を呑んでその光景を見守った。

抱き合うリトネとリンを見て、イーグルの顔も思わずほころぶ。

「ほう……この村にも、我が孫を愛してくれた者がいたのか。だが、よいのか？」

「……それに、人を殺したらそのぶん税が落ちます。損するだけです」

リトネは苦笑しながら言った。

「ほう……我が孫は、慈悲深さだけでなく賢さも備えておるのか。ますます気に入った。……聞いたとおりだ。貴様たち全員は、我が孫に命を救われた。死ぬほど働いて税を納め、この恩を返すのだ。今年の租税は二割増しとする」

「は、ははっ」

村長たちは土下座したまま声を上げるのだった。

† 領都エレメント

リトネとリンは、イーグルたちと一緒にこの大都市に来ていた。

「うわ……すごい人。私、こんなに人を見たのは初めて」

馬車から街を見ているリンは歓声を上げているが、リトネのテンションは低い。

「ああ。僕もそうだよ」

生返事をするリトネ。彼はずっと考え込んでいた。

「お兄ちゃん、元気ないね。お腹痛いの？」

「いや……そういうわけじゃないけどね。できればもっと早くここに来たかったなぁって」

街を見ながらため息をつく。

よくあるライトノベルやゲームでは、生まれたときから領主の息子だったり、最初からチート能力を持っていたりするものだが、彼は十二歳になるまで田舎の小作人の子供だった。

つまり、貴族のこともこの世界のことも何もわからないままなのである。

召喚魔法はできるだけ練習してきたが、所詮自己流。チートというにはほど遠い。

その他にも、貴族としてはずかしくない礼儀作法を身につけるとか、内政を学ぶとか、勇者に対抗できるだけの力を身につけるとか、ヒロイン対策とか、やるべきことはいくらでもあった。

「これから、うまくやっていけるかなぁ」

「大丈夫だよ！　私がついているから！」

リンは明るく笑って、励ましてくれる。

（そうだな。少なくともリンは味方になってくれたんだ。未来は絶対に変えられるさ）

リトネは気持ちを切り替えて、過酷な未来に立ち向かう決心をするのだった。

馬車は街を通りぬけて、シャイロック家の館に着く。

「すごいね……」

「ああ。もう屋敷じゃなくて城だな」

その館は、巨大な城壁に囲まれた堅固な城のようだった。

馬車が正門から入ると、ごつい鎧を着た兵士たちが何百人も整列している。

それぞれ自分の属する貴族、騎士家の旗を掲げていた。

「これって……全員シャイロック家の家臣なのか？」

ざっと見たところ、百家近い貴族を束ねているようである。シャイロック家は国内最大の貴族で、王家に次ぐ権勢を誇る大貴族なのだ。

「お館様、お帰りなさいませ」

城の玄関で馬車は停まり、何十人ものメイドたちが出迎える。その先頭にいるのは、眼鏡をかけた、いかにもキツそうなおばさんと二十歳くらいの美しいメイドだった。

「キュリー。我が縁者や寄り子たちは集まっておるか？」

「はい。すべての傘下の家の代表者は集まってきています」

キュリーと呼ばれたおばさんは、淀《よど》みなく答えた。

「これは我が孫リトネだ。ジョセフィーヌの忘れ形見である」

イーグルはメイドたちにリトネを紹介する。

「お嬢様の……」

忘れ形見と聞いて、それまで無表情だったキュリーは初めて悲しそうな顔になった。

「こやつのお披露目会は明日だ。それまでに準備をしておけ」

「はい。それではお坊ちゃま、こちらに」

キュリーはリトネを連れて、城に入っていった。

「あ、あの、私は……どうすればいいのでしょうか？」

ぽつんと残されたリンは、慌ててイーグルに聞く。

「貴様はリトネの侍女として雇うことにした。侍女長ネリーに任せる」

「はい。えっと……リンさんですね。では、これからよろしく。ネリーと申します」

先頭の背の高いメイドが挨拶する。

「は、はい。これからよろしくお願いします」

リンは慌てて頭を下げる。こうして二人は無事シャイロック家に迎えられたものの、彼らの困難は始まったばかりであった。

† 次の日

城の大広間で、リトネのお披露目会が開かれる。

「皆の者。よく集まってくれた。我が孫を紹介しよう。我が娘、ジョセフィーヌの子、リトネだ。ワシはこやつをシャイロック家の正当後継者として認め、成人後に跡を継がせることに決めた」

「リトネ・シャイロックです。若輩者ではありますが、ご指導よろしくお願いします」

汗びっしょりになってリトネが挨拶する。なんとか外見だけは貴族のお坊ちゃんのようになったが、やはり急ごしらえ感が出ており、どこかぎこちなかった。

たちまちリトネは数百本の視線の矢に射抜かれる。

「……あれがお嬢様の隠し子か。ふん！　まるで平民そのものだな。土臭い」

「今頃になって出てきおって。奴さえいなければ、我が息子をシャイロック家に送り込めたのに」

リトネに突き刺さる視線は、半数が敵対心に満ちたものである。

「馬鹿そうな少年だ。娘を嫁に送り込んで、傀儡《かいらい》として操ってやる」

「ぐふふ。あいつと娘を結婚させたら、もしかしたらシャイロック家からの借金がチャラになるかも」

残り半数は、リトネを利用することを考えていた。

(……やっぱりな。好意的な視線はほとんどない。みんな俺がいたら邪魔と思うか、あるいは利用しようと考えている奴ばかりだ。こんな環境に子供が放り込まれたら……性格が歪むな)

精神的には大人である自分でも、気を抜くとプレッシャーに負けそうになる。彼は原作のリトネが歪む原因をここにも見た気がした。

(だが……これはある意味当然だ。敵意を向けてくる者たちも、利用しようと考えている者たちも、両方ともしっかり顔を覚えておこう。彼らを滅ぼすか従わせるかしかない。今のうちに自分も力をつけなければ)

リトネはそう決心するのだった。

立ちすくむリトネに、一人の太った男が近づいてくる。

「……リトネ様。お見知りおきを。私の名前はゴールド・シャイロック。あなた様の母、ジョセフィーヌの元婚約者で、従兄弟《いとこ》に当たります」

その小太りの男性は、ギラギラとした目でリトネをにらみつけていた。

「は、はい。よろしく」

男性は表面上は穏やかだったが、どこか妙な迫力が感じられた。

「……私は今まで叔父上に後継者と望まれていたのですが、常々荷が重いと思っておったのですよ。リトネ様は優秀そうだ。ぜひあとのことをお任せします」

皮肉そうに言い放つ。リトネがその迫力に押されかけているとイーグルが割って入った。

「おお。ゴールドか。お前を後継者にという話は流れたが、お前が親族筆頭であることは変わらぬ。これからリトネの後援を頼むぞ」

「叔父上、確かに承《うけたまわ》りました」

目に冷たい光をたたえたまま、ゴールドは一礼する。

リトネはこれから、彼のような一癖も二癖もある貴族たちの上に立てる人物にならないといけないと考え、気を引きしめるのだった。

それからしばらくは、貴族としての勉強漬けの日々だった。まずは座学で、シャイロック家の歴史、貴族として必要な作法、シャイロック領について細かな知識を徹底的に叩き込まれる。

教師役はイーグルの側近、キュリー夫人である。

「では、まず貴族制度についてお話ししましょう」

王国は国王を筆頭に、金爵、銀爵、銅爵、鉄爵《てつしゃく》、錫爵《すずしゃく》と分かれている。その下に領地持ちの大騎士と、俸給で雇われている騎士がいる。ここまでが貴族で、次が平民と商人。さらに魔物の血が入っていると言われる獣人族という亜人がいて、その下が奴隷である。

「我がシャイロック家は、家臣も合わせると二百五十万麦《ばく》に相当する領地を有します。北はアシナ山脈を領するリリパット銅爵家と接しています。南にいきますと、竜王母マザードラゴンが棲《す》むフジ山があります」

リトネはキュリー先生から様々な知識を学び取る。大体の地理はキチクゲームからの知識で知っていたが、細かい地理関係まではわかっていなかった。

「そこから流れるシャイロック大河が周辺の穀倉地を形成しています。あなたがいたロズウィル村もその一つです」

地図を見せながら説明していくキュリー。

「そして、領のほぼ中央に領都エレメントがあります。さらに川を下ると港を有するポムペイ領で、ここはコールレイ錫爵が治めています。西は広大な砂漠で、アッシリア大騎士が、東は高原でソレイユ銀爵が治めています。そこから東に行くと、王都があります」

シャイロック領の地図を見ていたリトネだったが、いくつかおかしい点に気がつく。

ところどころ黒で塗りつぶされているのである。

「先生、この黒い部分は?」

「魔力たまりという地帯です。そこの動物は魔力の影響で魔物と化しますので、人間は開拓も通行もできません。その近くに魔物を狩る冒険者用の村があるだけですね」

その地図を見ながら、リトネは考え込む。

「なるほど……だからところどころ道が寸断されていたり、その部分を避けるように道が作られていたりするのか。面白いな」

「かつて、魔皇帝により魔力たまりが拡大して、人類は危機を迎えたことがあります。それを解決したのが……」

「伝説の勇者アルテミックですか？」

リトネが聞くと、キュリー先生はうなずいた。

「ええ。勇者が魔皇帝を封印し、魔物に侵された地域を解放してくれたので、人々は安心して暮らせるようになりました。その勇者の直系の子孫が、我がロスタニカ王国の王家です」

キュリーの教鞭が、シャイロック領の東を指す。そこには広大な平野があった。

「我がシャイロック家は、勇者とともに戦った商人シャイロックが興《おこ》した家です。金の力を第一に考える家なので、家業は領地経営の他に、貴族相手に担保を取って金貸しもやっております」

キュリー先生は、シャイロック家の家業について話し始めた。

「有担保の金貸しですか……」

「ええ、初代国王が我が家に特権として認めたのです。我が家は代々蓄財に励み、王国全土の貴族に影響をもたらすようになりました」

キュリー先生は今度は別の地図を見せる。シャイロック家に借金がある貴族家の位置図だった。

「こんなに？」

ロスタニカ国の全土に満遍なく散らばっている。シャイロック家の影響力が強い西部だけではなく、中央や東部にも借金貴族は多かった。

「ええ。そのせいで我々は守銭奴《しゅせんど》と罵られることもありますが、気にしてはなりません。リトネ様はシャイロック家の跡継ぎになられるお方。これから不当な非難を受けることになるかもしれませんが、そのような戯言《ざれごと》、聞き流すようにお願いします」

キュリー先生は無表情で言い放った。

そのとき部屋のドアが開いて、イーグルが入ってくる。

「どうだ？　勉強は進んでおるか？」

「はい。リトネ様はお嬢様からある程度の教育を受けていたらしく、読み書き計算は完璧に身につけておられます。特に計算は魔法学校卒業生レベル。また授業にも真面目に取り組んでおられます。実に手のかからない生徒ですわ」

キュリー先生は、褒めているんだかよくわからない無表情で、イーグルにリトネのことを伝えた。

「そうか。さすがはワシの孫だ」

イーグルは孫が優秀と聞いて、祖父馬鹿丸出しで喜んでいる。そんな彼にリトネは尋ねる。

「あの……お祖父様にお聞きしたいのですが、うちが金貸しをしているというのは本当ですか？」

「そうだ」

「失礼ですが、なぜでしょうか？　私がいた村では金にこだわるのは卑《いや》しい。金よりも名誉を尊ぶべし、という風潮でしたが……」

リトネはおそるおそる聞いてみる。そういう価値観は貴族だけでなく、平民にまで広がっていた。

孫の質問に難しい顔をしたイーグルは、逆に聞き返す。

「お前はどう思うのだ？」

「いいえ、私はそうは思いません。父は騎士になるという夢をあきらめきれず、無駄な鍛錬ばかりしていてまともに働きませんでした。母は貧困の中で苦しみ、よく父と喧嘩をしていました。我が家は貧乏が原因で不幸になったのです」

それを聞いて、イーグルは大きくうなずいた。

「そうか……。ワシはジョセフィーヌが女だからと、金というもっとも現実に即したことを教育せずに、蝶《ちょう》よ花よとお姫様のように育ててしまった。そのせいで顔がよくて強いだけの護衛兵士などに惹《ひ》かれてしまい、感情の赴くまま駆け落ちなどされてしまった。ワシがどれだけ娘がいなくなって悲しんだか……。お前はその年で金の価値を理解しているとは、本当に苦労したのだな」

イーグルは天を仰いで涙を流しながら、なぜシャイロック家が金にこだわるのかについて話し始めた。

「我が家も二代前までは貴族の体面にこだわり、金は卑しいものだという風潮に流された時期があった。そのせいで折角《せっかく》の特権である有担保の金貸業を、商人たちに委託してしまったのだ」

そう言って一旦区切ると、イーグルはリトネに尋ねる。

「額に汗を流して顧客を探したり、知恵を絞って金を稼ぐことをやめ、他人に家業を任せた結果、どうなったと思う？」

「もちろん、いいようにごまかされ、騙《だま》され、大切な金をちょろまかされたのでしょう？」

リトネがクスっと笑うと、イーグルも苦笑を浮かべた。

「そのとおりだ。わずかな上納金に目がくらみ、楽して金を得ることに慣れた先々代は、気がつくと大事な金を訳のわからぬ相手に貸され、当然のごとく踏み倒され、結局自分まで大借金を背負うことになったのだ。そのせいでワシも幼い頃は、貧乏で苦労した」

思い出すかのように、しみじみと語る。

「……二百五十万麦の大貴族がですか？」

「そうだ。それだけではなく、先々代が無能なせいで、貴族同士の無駄な付き合いや見栄張りで、商人どもにも食い物にされておった。我が父は祖父が死ぬと同時に倹約令を出し、商人から貸金免状を取り上げ、自ら家業と領地の殖産興業に乗り出した。そのおかげでシャイロック家の今があるのだ」

「……なるほど。だから現在、我が家は栄えているのですね」

そう言うと、リトネは先ほど見せてもらったシャイロック家に借金をしている家が記された地図を改めて見る。なんと王家にも多額の金を貸していた。

「ワシの言うことを理解してくれる孫で助かる。どうやら次代もシャイロック家は安泰のようだ」

イーグルは小気味よく笑い、さらに告げる。

「そうだ。いい機会だから、面白いものを見せてやろう。我々の長年の努力の結晶で、担保として取り上げた宝たちだ」

イーグルはリトネを連れて、シャイロック家の宝物庫に行った。

宝物庫では、大勢のメイドが掃除していた。その中に、必死になって働いている小さいメイドがいる。

「あれ？　リン？　何しているの？」

「お兄ちゃん！」

リトネを見ると、リンは笑顔になって近寄ってくる。

そのとたん、監督していたメイド長ネリーがリンを叱《しか》りつけた。

「これ！　リンさん。リトネお坊ちゃまにお兄ちゃんと呼びかけるなど、馴れ馴れしすぎですよ。リトネ様とお呼びなさい」

「は、はい。ごめんなさい。えっと……リトネ様」

しゅんとなるリンに、リトネは苦笑する。

「いや、これからもお兄ちゃんでいいよ」

「でも……怒られちゃう」

リンはちらちらとネリーのほうを見る。

「皆も許してやってくれ。リンは僕の妹同然なんだから」

リトネがそう言うと、ネリーはしぶしぶと引き下がった。

「お坊ちゃまがそうおっしゃるのなら、仕方ないですね……でも、リンさん。立場はわきまえなさい。あなたは新人メイドで、リトネ様はシャイロック家の御曹司《おんぞうし》なんですよ」

「はい……」

再びしゅんとなるリンに、リトネは心の中でため息をつく。

（よくない傾向だな……。あんまり立場とか身分とかを意識させすぎると、原作のリトネみたいに嫌われてしまうかも。そうなったら、あの勇者に取られてしまって……）

そのことを危惧したリトネは、リンの頭を撫でながら話しかける。

「リン。お兄ちゃんも新米お坊ちゃんになれるようにするから、一緒にがんばろうな」

「わかった。私もがんばって、立派なメイドさんになる！」

リトネに慰められて、笑みを浮かべるリンだった。

再び仕事に戻るリンを見て、イーグルは苦笑する。

「……よい子ではないか。お前を心から慕ってるな。心まで捧げてくれる使用人など、そうそういるものではないぞ」

「ええ。あの子がいなかったら、私は苦しい生活に耐えられなかったかもしれません」

リトネがつぶやくように言う。

「身分というものは、時にままならぬものよ。我らのようなほぼ頂点に座する大貴族とて、その枷《かせ》からは逃れられん。いや、高い身分だからこそ、ままならぬこともあるのだ」

イーグルの言葉には苦さがあった。

「お祖父様？」

「何、ワシにもああいうメイドがいたんだ。お前と違って姉のような存在であったがな。ワシはずっと側にいてくれると信じていたが……ワシも若かったということだ」

イーグルが何か思いついたように提案する。

「あの子をお前の正妻とすることはできぬ。が、メイドとして形が成ってきたら、お前の専属としよう」

「ええ。お願いします。彼女は僕の大切な家族で……彼女も重い運命を背負っていますから」

そんなことを話しながら、イーグルに宝物庫を案内されるリトネ。

中にはおびただしい数の金銀財宝や美術品、伝説の武器防具の他に、マジックアイテムの類《たぐい》もあった。

「これら貴族の家宝を担保に取ることができるのは、我らシャイロック家の特権なのだ」

イーグルは自慢そうに宝を一つひとつ説明していく。

「これはアッシリア家から担保として取り上げた『聖なる乙女《おとめ》』だ」

乙女が何か傾けているようなしぐさをしている像を指差す。

「器を持って、注いでいるような手の形ですが……」

「伝承によると、ここに『聖なる水瓶《みずがめ》』を設置して、無限にきれいな水を生み出し、干ばつに苦しんだ民を癒やしたらしい。何者かに盗まれたらしいがな」

イーグルの説明を聞くうちに、リトネはキチクゲームのことを思い出した。

(たしか、水の魔公セイレーンを倒したら手に入るアイテムが「聖なる水瓶」だったよな。その水瓶とヒロインの一人を選択するイベントが起こるんだったっけ。まあ、今は関係ないな)

さらに宝物庫を見て回っていると、その中に、真っ白い卵があるのに気がついた。

かなり大きいもので、ダチョウの卵ほどもある。

「お、お祖父様？　これは？」

「ああ。ワシの父がとある貴族から買い取ってくれと泣きつかれたのだ。なんの卵かわからないから、放置しておるのだが」

大して関心がなさそうにイーグルは言う。しかし、リトネはこれが何かひと目でわかった。

(おい!!　やべーよ！　それマザードラゴンの卵だよ!!)

原作でリトネは、ドラゴンの赤ちゃんに首輪をつけて、クラスで自慢していた。

「俺の家は金持ちだから、こんな珍しいペットも飼っているんだぜ」

「すごい！　こんなのどこで手に入れたんだ？」

赤ちゃんドラゴンを見て驚くクラスメイトたちに、原作のリトネはそっくり返って威張る。

「へへ。宝物庫を見ていたら卵があったんだ。それが孵《かえ》ったのがこれさ。こいつは俺を親だと思っているんだぜ。だからこんなことをしても反抗しないんだ」

自慢そうに首輪の鎖を引っ張る。幼いドラゴンはキューキューと鳴き声を上げた。

「おい、やめろよ！　かわいそうだろ！」

その様子を見た勇者が止めようとするが、リトネは邪悪に笑う。

「ふん。こいつが欲しいなら……」

こうして勇者はリトネに交換条件を出され、フジ山へと行かされる。

そこでマザードラゴンと出会った彼は、赤ちゃんドラゴンが虐待されているとチクる。怒り狂ったマザードラゴンは、シャイロック家の城を襲って破壊するのである。

ちなみに、勇者とヒロインたちはどさくさにまぎれて城に乗り込み、赤ちゃんドラゴンを救出。そのときにちゃっかりシャイロック家が長年蓄えた金や宝物を持ち出したりするのだ。

今のリトネはそういう未来を知っている。なので、なんとか回避しようとした。

「お祖父様！　それは危険です！　すぐ返しにいきましょう」

突然、リトネが大声を上げたので、イーグルは驚く。

「危険だと？　どういうことだ？」

「それはマザードラゴンの卵です。放っておいたら卵が孵って……げっ！」

リトネがそう言ったとたん、卵にヒビが入る。

「ん？　なんだ？　まさか孵るのか？」

イーグルが首をかしげていると、どんどんヒビが大きくなっていった。

「マジか？　おい！　生まれるな！　頼むからもうちょっと待ってくれ！　母親のところに返すから!!」

慌ててヒビを押さえようとしたが、もう遅かった。

「きゅい！」

卵が割れ、ピンク色のドラゴンの赤ちゃんが生まれて、リトネとドラゴンの目が合ってしまう。

「きゅい？」

ドラゴンの赤ちゃんは、実に澄んだ目でリトネを見つめた。

「おい。違うからな！　俺は親じゃないからな？」

必死で弁解するリトネだったが、赤ちゃんドラゴンに言葉が通じるわけがない。

「きゅい！」

赤ちゃんドラゴンはうれしそうに、リトネに飛びついて頭の上に乗るのだった。

リトネの周りに、メイドたちが集まってくる。

「あ、あの……お兄ちゃん。その子は？」

リンが目をキラキラさせて聞いてきた。

「あ、あの……えっと……」

なんて言えばいいか迷っているうちに、赤ちゃんドラゴンは今度はリンに飛びついた。

「きゅい！」

機嫌よく頭の上に乗って、ひと声鳴く。ピンク色の赤ちゃんドラゴンは、確かに可愛かった。

「わあ！　可愛い！」

「本当に可愛いですね。これが竜の赤ちゃん？」

リンをはじめとするシャイロック家のメイドたちは、あっという間にドラゴンの虜《とりこ》になってしまった。代わる代わる、赤ちゃん竜を抱っこしていく。

「きゅい！」

ドラゴンは機嫌よく鳴き、されるがままになっていた。

「……困ったな……」

「困りましたね」

喜ぶメイドたちとは対照的に、イーグルとリトネは頭を抱えて困り果てている。

ドラゴンは国で神聖視されている存在である。二人はこれからどうしたらいいかわからなかった。

「うむむ。仕方がない。ペットとして飼って……」

「お祖父様。それがだめなのです」

あきらめて受け入れようとするイーグルに、リトネが反対する。

「なぜだ？」

「将来、あのドラゴンが原因で、我がシャイロック家が破滅するからです」

リトネは、ドラゴンの赤ちゃんがシャイロック家のペットとされていることがばれ、マザードラゴン率いるドラゴン軍団にシャイロック城が攻め滅ぼされるという未来を告げた。

「ううむ……確かにありえる話だ。しかし、なぜそこまで具体的にわかるのだ？」

「実は、私は以前女神ベルダンティーからある予言を託され、勇者を滅ぼす者になれという使命を賜《たまわ》りました。その予言とは……」

リトネは自分が知っていることをすべて話した。

黙って聞いていたイーグルは、困惑したように頭を振る。

「女神の予言か。にわかには信じられんな。だが、お前はあの卵がマザードラゴンのものだと知っておった。うむむ……そもそも、その勇者とは何者なんだ？」

「……名前はアベルと。王の隠し子です」

リトネがそう言ったとたん、シャイロックの顔色が変わる。

「なぜその名を知っておる！」

「……お祖父様もご存知なのですか？」

「……ああ。セイジツ金爵家に養われている少年の名だ。身元不明なのに、なぜか丁重に扱われておるので、貴族社会では少し話題になっている。そうか、王の隠し子じゃったのか」

シャイロックは頭を抱えてうなっている。しばらくして、ハッとした顔になった。

「まさか、お前、ジョセフィーヌが殺されることも知ってたのではあるまいな⁉」

「冗談じゃありません！　そんなこと知ってたら、ズークがグールになる前に殺して、母さんが殺される未来を防いでました！」

母が殺されるところを思い出して、リトネは涙を流す。

「女神の予言は、私が王都の魔法学園に通う時期から勇者が魔王を倒し、暴君となるまで。それ以前に何があるのかは知らないのです」

(それに、なぜ原作のリトネが歪んだのか、なぜ黒い竜になったのかもわからない)

リトネは心の中で付け加える。それを聞いてイーグルも納得した。

「……どうやら、女神の予言とやらは事実らしいな。だが、魔王は一時復活するも、結局は勇者とその仲間に倒されるのであろう？　なら、問題ないのでは？」

「いえ、本当に世界が破滅するのは、それからなのです」

リトネは、女神ベルダンティーから聞いた大魔王滅亡後の未来を静かに語り出した。大魔王を倒し、民にたたえられ、国王の座に就いた勇者が、圧政を始めるという絶望の未来を――。

「圧政？」

「はい。勇者のヒロインたちが王妃になったのですが、全員がお金を卑しいものとして毛嫌いし、極端に金持ちや金貸しを嫌ったのです。その結果……」

勇者は、自分に従わない者には魔王以上の虐殺を行ったという。

争いが絶えず起こり、作物は実らず、追い詰められた人々は食べるために魔物を刈り尽くす。

この事態に、ついに怒ったマザードラゴンが勇者の加護を取り止め、無力となった勇者はヒロインたちとともに平民に虐殺されたのだった。

すべて聞き終えたイーグルは、納得して深くうなずいた。

「なるほど、ありえることだな。いくら勇者の血を引く者でも、政治ができるかどうかとは別問題だ。いや、むしろその強大な力が民に向けば、暴君となるだろう。そもそも領地経営もしたことがない子供に、国家が運営できるわけがない」

勇者が魔王を倒し、そのあと王様になってハッピーエンドなどというのは、所詮ゲームの世界の話である。

「だから私は、勇者を影で操っていた、彼のパートナーの悪女たち……失礼、ヒロインたちを、なるべく多く奪わなければならないのです」

真面目な顔をして、物騒なことを言うリトネ。

「そのうちの一人が、ロズウィル村から連れてきたリンです」

リトネはリンを見つめて苦笑する。彼女は赤ちゃんドラゴンを抱っこして無邪気に笑っていた。

「よい子に見えるがな……」

「よいお子様に国を治められますか？」

リトネの言葉に、イーグルは苦笑して首を横に振る。

「まあ、リンは大丈夫でしょう。私が側にいれば、勇者に奪われないはずです」

リトネの言葉に、イーグルは納得する。

「なるほどな。あの村長を処罰しなかったのは……」

「ええ、リンの父だからです。そうじゃなけりゃ、○○して××して△△するんでしたけどね」

リトネは黒い笑みを漏らすのだった。

「ところで、ヒロイン、つまり勇者をたぶらかす悪女たちは、他に誰がいるんだ？」

リトネはすべての名前と顔の絵を紙に書き出し、イーグルに手渡した。ゲームでは、ヒロインたちの詳しい情報が明らかではなかったので、彼女たちが今どこにいるのかわからない。

「ふむ……調べてみよう。ふっ、ナディもなのか」

思わずイーグルは笑ってしまう。リトネの描いた絵の中に、自分の甥《おい》の娘、ナディがいたからである。

「ああ、闇属性のナディですね。可愛いけど独占欲が強くて、怖いというか……」

「わかった。彼女たちを手に入れることができるように、お前に協力してやろう」

好々爺然《こうこうやぜん》とした笑みを浮かべるが、リトネはなぜかその笑顔に悪い予感を覚えるのだった。

そのとき、メイド長ネリーがやってくる。

「お館様。図書室を探したところ、竜の飼育に関する本が見つかりました」

ネリーの手には、一冊の古ぼけた本があった。『優しいドラゴンの育て方』著者、勇者アルテミック、とある。

さっそく手に取って読んでみると、竜の生態について詳しく記載されていた。

・竜の赤ちゃんはとっても繊細です。優しく扱いましょう
・たまに噛み付いてきて頭を齧《かじ》られたりしますが、我慢しましょう
・皮膚に寄生虫が住み着きやすいので、日光浴を欠かさないように

などなど細かな注意書きがされている。

「なるほど。育てるのは結構大変なんだな。やっぱり可愛いってだけでは気楽に飼えないな」

さらにページをめくってみると、とんでもないことが書かれていた。

・竜は大地の魔力を吸って生きているので食事は不要です。ただし、生後半年は母親の「乳」が絶対に必要。それ以前に引き離されて乳を飲まないと、性格がとっても凶暴になり、隷属の首輪などで制御しなければ、そのうち人を襲うようになります

「へっ？　お、おいっ！」

思わず本に突っ込んでしまうリトネ。

「まずいな……原作のリトネが赤ちゃんドラゴンに首輪をしていたのって、こういうわけなのかよ」

別に虐待でもなんでもない。襲われないために必要なことだったのである。改めて竜を育てることの難しさを知った。

「な、なら、マザードラゴンに返して……」

さらにページをめくってみると、またもや重要なことが書かれていた。

・竜は、生まれて数十年の間、最初に見た生物を親と思って懐《なつ》きます。無理にその親から引き離すと、寂しさのあまり衰弱死します

「マジかよ……八方ふさがりじゃないか」

どうやら、リトネは赤ちゃんドラゴンの面倒を見ないといけないらしい。

「仕方あるまい。マザードラゴンの元に使者を出そう」

イーグルはそう提案したものの、リトネと顔を見合わせて、ため息をつくのだった。

次の日

中庭では、リトネとリンが動きやすい服を着て、立派な装飾がついた杖を振っていた。

「では、これから魔法の訓練をいたします」

背の高いメイド長のネリーが、ビシッと言う。彼女は水の魔法が使えるのである。

「はい！」

「きゅい！」

ドラゴンを抱いたリンが元気よく返事をする。その腕の中で、ドラゴンも高い声で鳴いた。

「あのさ、リン。可愛いのはわかるけど、訓練のときくらいちょっと離してあげようよ」

リトネが注意するが、リンはイヤイヤと首を横に振る。

「嫌。ミルキーと私は友達なの！　ね、ミルキー」

「きゅいきゅい！」

すりすりとドラゴンに頬ずりするリン。ドラゴンのほうも、すっかり彼女に懐いていた。

「ミルキーって？」

「みんなで相談してつけた名前なの。可愛いでしょ」

そう言ってリンはにっこりと笑う。赤ちゃん竜には、いつの間にかメイドたちによって名前がつけられていたようだ。

そのとき、ネリーがつかつかとリンに近づいて、その耳を引っ張った。

「いた、痛いです！」

「いい加減になさい。あなたには魔法の才能があるというから、私がじきじきに教えているのです。そういうけじめはきちんとつけなさい！」

「……はい」

リンはしぶしぶとミルキーを同僚のメイドに渡して、魔法の訓練を始める。

それを苦笑して見ていたイーグルは、リトネに向き直った。

「さて、お前はワシと同じ、召喚系の闇の魔法が使えるのだったな」

「はい。しかし、母さんは召喚を司る闇の精霊の名前を教えてくれませんでした」

リトネは母親のことを思い出して、ちょっと暗い顔になる。

「うむ……もしかしたら、ワシを恐れてのことかもしれんな。まあよい、闇の魔法は、別名、時空魔法とも言われる。空間に干渉できるのだ。その中でも我がシャイロック家は、空間を捻《ね》じ曲げてアイテムなどを取り寄せる召喚魔法に特化しておる。初代シャイロックは、勇者たちが倒した魔物の魔力を使って、金を召喚して金銭面から勇者を支えたという」

「なるほど……便利ですね」

リトネは感心する。キチクゲームでは、モンスターを倒すとG《ゴールド》が手に入ったが、そういう仕組みだったのかと理解した。

「この力を使いこなすには、召喚系の闇の精霊ダークミレニアムと契約せねばならぬのだ」

「ダ、ダークミレニアムですか？」

やっと闇の精霊の名前がわかったが、リトネは冷や汗を浮かべた。それはキチクゲームに出てくるラスボスの大魔王の名前だったからだった。

「そうじゃ。ダークミレニアムは闇の精霊の中でも最上級の存在で、すべての空間を支配すると言われている」

リトネの動揺に気づかず、イーグルは自慢そうに話し続ける。

「どんなアイテムが召喚できるかは、召喚者の特性によるらしい。また、召喚できるアイテムはあくまで所有者がおらず、召喚されても誰も困らないモノに限られる。初代以降、そういう制限が女神からかけられておるのだ」

「当然ですね。じゃないとドロボウになってしまいますから」

リトネの感想に、イーグルはうなずく。

「では、ワシの召喚魔法を見るがいい。ダークミレニアムよ！　我が魂に応えよ！　召喚！」

イーグルが杖を振ると、全身からすさまじい魔力が放出された。

次の瞬間、何かが落ちてきて地面とぶつかる。ドーンという大きな音が響き渡った。

「す、すごい。これは……」

リトネはあまりの威力に驚く。中庭には直径一メートルほどの穴が空き、岩の破片が飛び散っていた。

「ワシのアイテムは『岩』じゃ。まあモノ自体に全く価値はないがの。借金の返済をしぶる不届き者の目の前に落としてやると、皆素直に金を払うようになるぞ」

イーグルはにやりと笑う。確かに目の前に大岩が落ちてきたら、誰でもビビッてしまうだろう。ある意味、非情な金貸しには役立つ魔法と言えた。

「次はお前の番じゃ。心を込めて闇の精霊に祈るがいい。最初に念じた概念が固定される。それが契約じゃ」

そう言うと、イーグルは豪華な魔石がついた杖をリトネに渡した。リトネは考え込む。

（えっと……召喚されても誰も困らず、なおかつ役に立つモノ。役に立つ……そうだ、異世界で持ち主がいなくなったモノにしよう）

召喚物を決めたリトネは杖を振った。

（闇の精霊ダークミレニアムよ。我が願いに応えよ。異世界において、捨てられ、所有者がいなく

なり、召喚しても誰も困らなくなったモノを我が手元に呼び寄せよ）

魔力を放出しながら、闇の精霊に必死に祈る。

すると、とてつもなく巨大な何かと一瞬だけ意識がシンクロしたような気がした。

（……これは……？）

念じながら、その何かを通じて異世界の物体に触れる感じを覚える。

（今だ！）

リトネは自分の精神に触れたモノを、思い切り手元に引き寄せた。

「おおっ！　成功したか!?」

隣で見ていたイーグルが歓声を上げる。リトネの魔力が空間を捻じ曲げたのを感じたからである。

「召喚」

リトネが叫ぶと、中庭いっぱいに訳のわからない物体が現れた。

「……これは、なんじゃ？　妙なモノじゃのう」

目の中に転がってきたモノを拾い上げて、イーグルは首をかしげる。なんだかわからない絵が描かれている透明な筒で、少し汚れていた。

「成功した！　これは、ペットボトルですよ」

リトネはそれを見て、満面の笑みを浮かべる。久しぶりに日本で見慣れたモノを見て、なんだか妙に懐かしかった。

「ペットボトル？　それはなんじゃ？」

「要するに、飲み物を入れる容器ですね」

「ほう。面白いモノを引き寄せたのう。試してみるか」

メイドに命じて水を持ってこさせる。中に水を入れてみたイーグルは、しばらくして驚きの声を上げた。

「なんと！　これは中の水を完全に密閉できるのか!!　これは素晴らしいぞ。高値で売れるかもしれぬ。それに兵士たちに配備すると、大瓶で水を運ぶ手間もなくなり、補給の負担軽減につながる」

キチクゲームの世界は中世ヨーロッパ風のファンタジーで、水を入れる容器といえば水瓶か樽になる。水瓶は重いし密閉もできずに水が汚れやすい。それに移動の最中に割れることもよくある。樽は木でできているので水が漏れやすい。ペットボトルを使えば、それらの問題が解決するのである。

実用性に富んだアイテムに、イーグルは喜んだ。

「こんなものでよかったら、いくらでも召喚できますよ」

「まことか？　ならば、大量に取り寄せるのじゃ」

イーグルは孫の才能を見て、テンションが上がっている。

「あはは、面白い。ところでこの杖は、自分で作ったのと違って使いやすいし、魔力の消費量が抑えられているように感じるな」

改めて自分に与えられた杖の性能を感じるリトネ。その杖は真っ黒い木に金銀をあしらった豪華なもので、いくつもの魔力を帯びた宝石がついていた。

「当然じゃ。魔力を帯びた木から職人が精魂込めて作っておる。さらにその杖には魔力を溜めることができる磨石がいくつもついている。シャイロック家の家宝の一つ『闇の杖』じゃ」

そう言って自慢するイーグル。

「こんな高そうなもの、もらっていいんですか？」

「何を言う。お前はワシの跡継ぎじゃ。この城の宝はすべてお前のものじゃ」

イーグルは祖父馬鹿丸出しで甘いことを言う。

祖父の愛情を感じて、リトネは苦笑した。

「ありがとうございます。よし、ではどんどん召喚してみます。えい！」

リトネは調子に乗って、再び杖を振る。すると、「資源ゴミ」と書かれたパンパンに中身の詰まったビニール袋が現れた。

「なんじゃこれは？」

イーグルが袋を開けてみると、金属でできた筒のようなものが入っていた。

「これも水筒の一種ですね。異世界では、この缶の中に飲み物を入れて売られています。飲んだあとはゴミとして捨てられるんですよ」

「そうか……奇妙なことをするものだな」

イーグルは顔をしかめながら缶を拾い上げてみる。

「ふむ……鉄か？　いや、まさかこの感触は……」

缶を確認するうちに、イーグルの顔色が変わっていった。

「これは……まさか軽銀でできておるのか？　それにこっちの缶はよく見ると、鉄ではなく鋼ではないか。こんな貴重なものをゴミにするとは、何を考えておるのじゃ！」

アルミ（軽銀）缶とスチール（鋼）缶を両手に持って、イーグルは怒り出した。

「あの、お祖父様？」

「けしからん。まったくけしからん。もしワシの家臣じゃったら打ち首じゃ！」

イーグルは一人で憤慨している。

「すぐにこの宝を宝物庫に運べ！」

イーグルが命令すると、慌てたメイド部隊が缶を運んでいった。

リトネは呆気に取られてそれを見送り、おそるおそる問いかける。

「あれって、そんなに貴重なものなのですか？」

「当然じゃ！　軽銀は、別名ミスリル銀と言われ、魔力を蓄積できる金属として伝説の武器にも使われておる。鋼は鉄より強固な幻の金属として、今では製法が失われておる。それがゴミ扱いとは……なんと嘆かわしい。宝を捨てているようなものじゃ！」

しばらくブツブツ言い続けるイーグル。

「お祖父様。あんなものでよければ、いくらでも召喚できますけど……」

「まことか！　でかしたぞ！　これでシャイロック家は、未来永劫《みらいえいごう》繁栄を約束されたも同然じゃ！」

イーグルは、リトネを抱き上げて大喜びした。

「なら、さっそく商人に売り出しましょうか？」

「そうだな……いや、待てよ……」

イーグルは急に真面目な顔で考え込む。そして、しばらくして首を横に振った。

「やめておこう。大量に売ったら価値が下がるかもしれん。それよりも、軽銀や鋼は我が領の機密にして、これを使って伝説の武器にも負けない強い鎧や武器を大量に作れないか研究してみよう。そうすれば、いつか『夢』がかなうかもしれん」

イーグルは悪人面で何やら想像する。

「お祖父様。『夢』とは？」

「いや、何でもないぞ。リトネはまだ子供じゃ。ワシの『夢』を背負わせるには早かろう」

イーグルはそう言って、優しくリトネの頭を撫でるのだった。

† 数日後

リトネは、貴族のお坊ちゃんの生活に少しうんざりしてきた。

あれからイーグルは、よりいっそうリトネを宝物のごとく大切に扱うようになった。それはいいのだが、彼の秘密を漏《も》らさぬため、常にメイド部隊に張りつかせたのである。

「お坊ちゃま。何か御用はありませんか？」

「何でもお申し付けくださいね」

若く美しいメイドたちが常にはべり、何でも命令してほしいと迫る。

しかし、ちやほやされて楽しかったのは最初だけで、すぐに自由のない生活に飽きてきた。

「お坊ちゃま。どこに？」

「おしっこだよ！」

トイレに行こうとすると、そのあとをしずしずとメイドがついてくる。

「……って、どこまでついてくるんだよ」

メイドが真面目な顔をして男子トイレに入ってくるので、心底閉口するリトネ。

「どこまででもです。では、失礼してお召し物を……」

「だから、いいって！」

リトネは真っ赤になって拒否する。メイドはクスっと笑い、からかうように続けた。

「なんなら、お持ちしましょうか？」

「いいから、出ていってよ！」

「そうはまいりません。片時も離れてはいけないというお館様のご命令です。お辛いでしょうが、見られても平気なように精神を鍛えてください。じーっ」

職務に忠実なメイドがガン見してくる。こんな感じで、プライバシーなんかあったものではなかった。

（もうやだ！　大事にされているんだろうけど、居心地悪いだけだ。原作のリトネは、こんな環境で甘やかされたから歪んだのかもしれない）

頭は大人のリトネにとっては、かまわれても迷惑なだけである。ついにたまりかねて、祖父の執務室に乗り込んだ。

「おお、リトネか。そろそろ来る頃だと思っておったぞ」

執務室にいたイーグルは、孫の顔を見て笑みを浮かべる。リトネが怒っているのがわかっても平然としていた。

「お祖父様。いい加減にしてください。一日中メイドがついてきて、気が休まる暇もありません。トイレに行っても全部見られて、寝るときまで一緒だなんて恥ずかしすぎます」

顔を真っ赤にして苦情を言うリトネに、イーグルはニヤリと笑ってからかう。

「いいではないか。メイドたちは良い匂いがするであろう」

「それは確かに……そういう問題じゃなくて！」

リトネは延々とプライバシーがないことの不満を訴える。それをうんうんと最後まで聞いたあと、
イーグルは机から何かの書類を静かに出して手渡してきた。

「お祖父様、これは？」

人の名前がいくつか書いてあるのを見て、リトネは首をかしげる。

「お前を暗殺とか誘拐とかしようとした人物のリストだ。安心せい。すでに対処はしてある」

「……え、ええっ!!」

すでに自分の知らないところで暗殺者が動いていたことを知って、リトネは戦慄《せんりつ》した。

「まあ、いずれ反対派もおとなしくなるだろう。あと何人の首を切れば終わるのかわからぬが」

イーグルは邪悪にくくくと笑う。リトネは、改めて貴族社会の闇を知って身震いした。

「……わかりました。わがままを言って申し訳ありませんでした」

しゅんとなるリトネを見て、慌ててイーグルはフォローする。

「ま、まあ。男なら籠《かご》の中の鳥のように飼われるより、自由に羽ばたきたいと望むのも当然だろう。

しばらくは窮屈な思いをするだろうが、こらえてくれ」

「はい……で、でも何か私にできることはないでしょうか？　私自ら力を示さないと、お祖父様が

お亡くなりになられたあとはどうなるかわかりません」

リトネにそう言われて、イーグルは眉間に皺を寄せた。

「なるほど、確かにそうだ。このままの状態が続くのもよくないな。ワシが生きている間ならともかく、ワシが死ねばお前が家臣たちに軽く見られてしまうかもしれん」

「私自身に権威を持たせられるようなことができればよいのですが。……そうだ、私は異世界から有用な物を召喚できます。それを使って、シャイロック家が抱えている問題を解決できないでしょうか？」

考え込むイーグル。しばらくしてゆっくりと口を開いた。

「問題か。いくらでもあるぞ。我が領は国内で最も豊かであるとはいえ、いろいろと問題を抱えておるのだ。格差、貧困、飢え、奴隷、多種族や他家との付き合いに魔物の問題……数え上げればきりがない。よかろう、フォローはしてやるから、お前なりに問題に対処してみるがいい。ワシが元気でいるうちに、一つでも解決すれば、後継者としての権威も上がろう」

「はい！」

仕事を与えられて、リトネの顔が明るくなる。

こうしてリトネは、シャイロック家の後継者としての立場を固めるために、内政に取りかかるのだった。

その日から、リトネはシャイロック家の資料室にこもり、領地について詳しく調べていった。

すると、いろいろな問題がわかってきた。

「まず根本的な問題は、この社会制度そのものにあるな」

現在、ロスタニカ王国によって大陸は平定されており、一つの経済圏として完結している。

この状態は、昔の江戸時代の鎖国と同じであった。

以前の魔皇帝による魔族との争いを勇者アルテミックが解決したあと、あまりに平和が長く続いてしまったため、社会が停滞しているのである。

「やっぱり、身分制度がほとんど固定されているのが問題だな。社会から活力を奪っている」

この国では、王侯貴族を頂点として、その下が騎士、平民、商人、奴隷と身分制度がきっちりと決められていた。

「身分で成り上がれないとなると、人の上昇志向は金稼ぎに向かう。江戸時代と同じだ。にもかかわらず、金を稼いで力を持った者を、身分で押さえつけようとしている」

リトネが思ったとおり、この世界では商人は見下されていた。

「しかし、実際は金が集まる商人階級が力を持つようになり、貴族たちを上回るといった逆転現象が起きているんだよな。その歪みが最も顕著に現れているのが、主食である麦に価値を置いた麦本位性か……」

現在貴族の偉さを示す格は、何人を麦で養えるかで表されている。シャイロック家は二百五十万人を食べさせることができる麦を生産できるから、二百五十万麦《ばく》の大貴族である。

麦をたくさん持つ者が裕福で力を持つ——勇者アルテミックの時代は確かにそうだった。しかし、今の時代においては、必ずしもそうとは言い切れなくなっている。

「昔の石高《こくだか》制みたいなもんなんだよな……でも、時代はとっくに貨幣経済に移行している。麦だけ作っていればいい時代は終わっているのに、貴族も騎士も気がついていない」

麦をたくさん作れば供給過剰になって、麦の価値は下落し、金のほうが価値を持つようになる。そのせいで、貨幣経済に精通している商人に社会の実権を握られ、それを腹立たしく思う貴族や騎士などの上流階級は、ますます商人たちを身分が低い者として見下す。商人はその復讐に彼らに高利で金を貸して、じわじわと搾り上げる。こうした歪みが、社会を停滞させていたのである。

「幸い、ひい祖父さんはいち早くそのことに気がついたんだな。彼は麦だけに頼るのをやめて、あえて金貸しを始めて金を稼ぎ、貧乏になりつつあったシャイロック家を立て直した。だけど、そのせいで、他の貴族たちから恨みを買っている……」

いつの時代も、金を借りた者は、金を貸す者を恨むのである。

イーグルは財務大臣も務めているから、借金貴族たちは表立って反抗してこないが、彼が死ねば団結して攻撃してくるだろう。そうなれば、王家すら大金を借りているので、王家も彼らを利用してシャイロック家をつぶそうとするかもしれない。

「それを避けるには……まずアメとムチの対応が必要だな。とりあえず、こいつらから始めよう」

借金を返せなくなっている貴族たちのリストを見て、リトネはあることを思いつくのだった。

◇◆◇◆◇

リトネは自分用に与えられた倉庫に、異世界から大量のゴミを召喚していた。ペットボトル、空き缶、薄汚れたぬいぐるみ、着古した服、段ボール、廃タイヤや壊れた自転車などである。

「どうかな。この中で売れそうなものはある？」

「そうですねぇ。やっぱり服とかがいいんじゃないでしょうか。こんな上質なものが捨てられているなんて信じられません。センスも最先端をいってますし」

メイド長ネリーが「肉食系」と書かれているシャツを羽織って感想を漏らす。背が高く美人の彼女に意外と似合っていた。

「軽くて着心地がよくて、柔らかい。信じられません」

ネリーは異世界の服を大絶賛する。合成繊維でできたその服は、この世界で一般的な木綿の服より軽くて丈夫だった。

「それじゃ、メイドたちで洗濯してもらって、やぶれたところがあったら繕《つくろ》っておいて」

「はい」

こうしてリトネは、メイドたちにこれからの作戦に必要な準備をしてもらって、借金を返せなくなっている貴族たちに向けて使者を出す。

一週間後、シャイロック家の大広間に、各地から来た貴族たちが集まっていた。

「……シャイロック家の跡継ぎに、当家の借金のことで大事な話があると言われのだが、あなたは何か聞いていますかな？」

「いや、うちは何も？　まさか一括で返せと無理を言われるのでしょうか？」

貴族同士でヒソヒソと話し合っている。

多くは鉄爵や錫爵など下っ端貴族の彼らの家計は火の車である。それでシャイロック家からしている借金の返済が滞っているので、頭が上がらないのだった。

しばらく待たされていると、一人の黒髪の少年が部屋に入ってきた。

「皆様、初めまして。私はシャイロック家の跡継ぎで、リトネ・シャイロックと申します。あなた方の借金の処遇について、当主イーグル・シャイロックから全権を委《ゆだ》ねられました」

そう言うとリトネは、やわらかい物腰で一礼する。貴族たちはイーグルが出てこなかったので内心ほっとしていた。

（こんな子供なら、借金のことなど簡単にごまかせそうだ）

（もしこの子に娘を嫁がせれば、借金はチャラにできるかもしれんな。馬鹿そうな子供だ）

猫撫で声でリトネの機嫌を取ろうとする者まで現れる。

「私はファーシャル鉄爵と申します。以後良しなに。お若いのにしっかりとしたお方でございますな。これでシャイロック家の将来も安泰です」

「なんと利発そうなお方だ。我が娘もあなたと同い年くらいなのですが、大変美しく、心優しいのです。どうですか？　一度我が家に遊びに来られては？」

彼らは獲物を狙う狼のような目をして、リトネに声をかける。

しかし、リトネは冷たい顔をして言い放った。

「あなた方は、我が家から多額の借金をしておきながら、何年も返済を滞納していますね。我が家もいい加減堪忍袋《かんにんぶくろ》の緒が切れました。今日を持ちまして、関係を見直させていただきます」

突然、青くなる貴族たち。予想に反してシャイロック家の御曹司は、大人顔負けの厳しさで責めてきたのである。

慌てて貴族たちは弁解する。

「も、もう少しだけ返済を待ってください。我々も努力しているのです」

「そ、そうです。それに、担保として家宝を入れているはず。いきなり関係を見直すなどと言うのはひどい！」

貴族たちの悲鳴に、リトネは冷たく笑って告げる。

「ああ……担保のことですね。メイドさんたち、彼らの家宝を持ってきてください」

リトネの命令を受けて、メイドたちがうやうやしく家宝を運んでくる。

それをちらりと確認しながら、リトネは無表情で言った。

「これらを売ったらいくらになるかはすでに査定済みです。どれもこれも売れないか、売れても二束三文のガラクタばかり。こんなゴミ、当家に必要ありません」

そうしてリトネは、貴族たちの家宝の査定金額を提示していく。そのどれもが低い金額であった。

大切な家宝をゴミ扱いされて、貴族たちが怒り出す。

「勇者アルテミックが使っていたという由緒あるスリッパだぞ！　査定が五十アルだと！　ふざけている！」

「一時代を築いた天才バカソが描いた絵が百アル？　間違っているぞ！」

「先々代陛下から下賜《かし》されたふんどしが十アルとは、なんと心得るか！　マニアに売ったらもっと高く売れるはずだ！」

皆口々に言い立てるが、リトネは平然としたまま言い返す。

「なんなら一週間あげますから、あなた方で高値で買い取ってくれる商人を探してみてください。こちらで王都のオークションにかけてもいいですよ？　当家としては借金が返ってくるなら、なんでもいいんです。ただし、返済額に満たなかった場合、一括で返済していただきますので」

「うっ……それは……」

黙り込む貴族たち。担保の家宝の多くは、金銭的価値も実用性もないものばかりだったのである。

貴族たちの様子を見て、リトネは今度は優しく告げる。

「ですが、確かにあなた方にとっては思い入れがあるもの。ですので、担保に取っている家宝を返還しましょう」

「ほ、本当か？」

それを聞いて、貧乏貴族たちは喜ぶ。

「ええ、もちろん」

すぐさまその場で、元の持ち主にそれぞれの家宝が返された。

「よかった……これで先祖に申し訳が立つ」

貴族たちが泣いて喜んでいる間に、リトネはそっとメイドたちに合図する。

「その代わり、あなた方にあるものを身につけてもらいましょう。……頼むよ」

「はい。かしこまりました」

側にいた若いメイドが立ち上がり、二つの箱を持ってきて開ける。中にはキラキラと輝くアクセサリーのようなものが大量に入っていた。

「え？　それはなんですかな？」

「我が家には、奴隷の使用人も多いのです。彼らには今まで隷属の首輪を着けていましたが、奴隷身分であることが他人にすぐにわかってしまうのはかわいそうだと思いませんか？　それで考えたのが、この隷属のち○こ輪と、隷属のピアスです」

リトネの話を聞いていたメイドの一人が、真っ赤になって胸を押さえる。彼女の首にはつい先日まで首輪をしていたような跡がついていた。

「男性にはち○こ輪を、女性には胸にピアスをつけてもらいます。つまり、家宝の代わりに、あなた方の体自体を担保として提供してもらうというわけです」

リトネがそう言ったとたん、部屋は怒声で満ちあふれた。

「ふざけるな！　我々に奴隷になれと言っているのか！」

すかさずリトネは言い放つ。

「そうかもしれませんが、これなら隷属の首輪と違って隠しておけますよ。実質はどうあれ、貴族の体面を保つことはできるでしょう。こちらとしては、家宝などよりよっぽど信頼できる担保になりますし」

そう言われて、貴族たちはお互いに顔を見合わせる。

「だ、だが……」

「それを着けるまでは、この館からは帰しませんよ」

リトネが合図すると、完全装備の騎士たちが部屋に入ってきた。

彼らは無言で貴族たちに剣を突きつける。

「く、くそっ！　……わかった。従おう」

「物わかりがよくて結構。では、女性は別部屋に。メイドたちによって着けさせますので。男性は自分でち○こに輪をはめてください」

屈辱を感じながら、貴族たちはしぶしぶ輪を装着するのだった。

「さて、皆様におかれましては、潔《いさぎよ》く装着していただけたようで、ありがとうございます」

馬鹿丁寧に一礼するリトネを、貴族たちはにらみつける。

「それでは具体的な返済のお話に入りましょう。新たに金銭消費契約書を作りましたので、お手元の書類をご確認ください」

リトネに促され、渡された書類を確認する貴族たち。読んだ全員が複雑な顔をした。

リトネが書面を読み上げる。

「今までの延滞分の金利はカットいたします。その代わりに、今までの延滞の損害金として元金の二〇%を請求させていただきました。ですが、金利は今までの年三割から年一割に下げています。また、返済期間も十年に延長させていただきます。全体的に見れば、今までより返済金額は少なくなり、負担も減っているはずです」

初めは疑っていた貴族たちだったが、その場で自分で計算し納得する。確かに誰も彼も返済額は減っていた。

「あの、少しよろしいか？」

食い入るように書類を見ていた貴族の一人が、おそるおそる手を上げて質問する。

「どうぞ」

「今までの契約では、毎年収穫される麦の四割をシャイロック家に上納していたのだが、これからは金銭で返済するのだろうか……」

「そのとおりです。我々はあなた方から麦を取り上げようとは思いません。領地で収穫される麦は、これからはすべてあなた方のものです」

それを聞いて貴族たちはほっとする。麦を四割も取られていたので、豊作の年でもギリギリだったのである。凶作の年は、無理にでも領民から取り上げていた。

そのため、領民の間に逃亡者や死亡者が増え、ますます収穫が減るという悪循環に陥っていたのである。多くの貴族たちに返済遅延が起きていたのもそのせいであった。

「これで領民に、腹いっぱいパンを食べさせてやれる……」

そのように泣いて喜ぶ貴族たちだったが、はっと気がつく。毎月どうやって返済すればいいかわからない。

「だ、だが返済はどうすればいいのだ。金銭といっても、あてはないぞ」

「もちろん。そのことも考えてあります。当方でこんなものを用意しました」

今度は、洗濯してきれいにした、元の世界の服をメイドに持ってこさせた。

「なんだこの服は……手触りがいい」

「こんなに暖かいのに、軽いぞ……」

実際に着てみて感触を確かめる貴族たち。普段彼らが着ている服より、はるかに上質だった。

「とりあえず最初の元手として、この服を馬車一杯分無料で差し上げます。これをあなた方が懇意にしている商人に高値で売って毎月の返済と翌月の仕入れの原資にしてください。そうすれば借金などすぐに返済できるでしょう」

現金を稼ぐ仕組みの説明を受けて、貴族たちは驚愕する。

「そ、そんなことでいいのですか？」

「ええ。つまり、我々の服の販売代理店になってもらいたいのです。あなた方の持つ商人とのコネは、貴重な財産です。大いに活用して金を稼ぎましょう」

ニヤリと笑うリトネに、貴族たちは先ほどと打って変わって尊敬の目を向け始める。リトネは、ただ返済を迫るだけではなく、どうやって返済するかまでちゃんと考えてくれていたのだ。

「リトネ様!!」

「ありがとうございます！」

リトネの前に平伏《ひれふ》して感謝する貴族たち。

「ふふ、よしてください。これはただの対等な取引です。あなた方は服を売ることで借金を返済し、我々は塩漬けとなっていた借金を回収する。ともに協力してがんばりましょう」

「死ぬ気でがんばります」

こうして貴族たちは大量の服とともに、領地へと帰っていくのだった。

† 一ヶ月後

満面の笑みを浮かべた貴族たちが、一回目の支払いをするためにやってくる。

「皆様、ご返済ありがとうございます」

頭を下げるリトネに、貴族たちは恐縮した。

「やめてください。リトネ様は我々の救世主なのですから」

「服が飛ぶように売れ、商人たちからいつ仕入れるのかとせっつかれているくらいなんですよ。今回もお願いします」

借金の返済とは別に、服の仕入れ代金として大量の金貨を支払う貴族たち。

「はい。用意はできております」

貴族たちはほくほく顔で大量の服を仕入れて帰っていき、リトネの元には大量の金貨が残されるのだった。

一連の取引を見ていたイーグルは、目を丸くしていた。

「見事なものじゃのう。あんな笑顔で金を返しにくる者など初めて見たぞ」

「まあ、彼らの目的は返済じゃなくて服の仕入れなんですけどね」

祖父に感心されて苦笑するリトネ。さらに説明を加える。

「これで意味のない担保を返還して管理する手間からも解放され、返済不能となっていた不良債権は、金を生む優良債権に生まれ変わりました。彼らは返済のために必死に服を売り込むでしょう。我々はそんな彼らに服を卸してさらに儲《もう》けられます」

「す、すごいな。だが、なぜ服を我が家で取り扱わなかったのだ？　我らが直接商人に売れば、もっと儲けられたであろうに」

イーグルはふと思いついた疑問を口にする。

もちろんリトネもそのことを考えていた。しかしあえてそうしなかったのである。

「貴族たちは、我が家に恨みを持っていました。だから、彼らの不満を解消させるため、あえて服を卸したんです。利を提供することで、シャイロック家との関係を友好的なものに変えようと思って」

「なるほど……そこまで考えておったのか」

イーグルは深くうなずいた。

「これで我が家の問題の一つ、不良債権が解決しましたね」

「おお、確かにそうだ。だが、この際だからもっといろいろなことに取り組んでみるのだ。お前はまだ若い。失敗しても今なら取り返しがつく。老いて偉くなると、どうしても保守的になってしまうからな」

リトネは素直に首肯した。イーグルはそんなリトネを頼もしそうに見つめるのだった。

† シャイロック領

薄暗い地下室で、リトネは新たなる異世界の廃棄物を召喚しようとしていた。

「異世界で捨てられている書籍よ、来い！」

リトネが念じると同時に、大量の本が現れる。

それらを、リンたちメイドが整理した。

「お兄ちゃん、これって可愛い絵だね。何が描いてあるの？」

可愛い男性と凛々《りり》しい男性が、なぜか抱き合っている絵が描かれている漫画本を拾い上げて、リンが首をかしげている。

「ふぇっ！　こ、これは！　なんでこんなものが！」

リトネは慌ててリンから本を取り上げた。

「リンは見ちゃだめ！　こ、これはその、とにかくだめだから」

「ええ？　お兄ちゃんの意地悪！」

リンは取り返そうと本めがけてピョンピョンとジャンプするが、小柄なので届かない。

「か、代わりにこっちを読めばいいよ。これ、捨てておいてください」

リトネはそのコミックをメイド長のネリーに押し付けて、健全な子供向けの児童書をリンに渡した。それを開いたリンは、先ほどと同じように首をかしげる。

「やっぱり、なんて書いてあるかわかんない」

「そうか。日本語で書かれているからな。なら読んであげるよ。むかしむかし、おじいさんとおばあさんがいました……おじさいんは山に芝刈りに、おばあさんは川に洗濯に……」

この世界の言語に翻訳しながら読み聞かせてあげるリトネ。

「へえ~面白い」

「きゅいきゅい！」

リンとミルキーはおとなしくリトネの前に並んで、目をキラキラさせて聞き入っている。

一方その横では、メイドたちが先ほどのコミックを食い入るように見ていた。

「な、なんなのこれ？　男性同士が……？」

「お尻とお尻が描かれているというのはわかるけど……なんて書いてあるのかしら？」

「なんだか……体が熱くなってきましたわ。もしかして、これが美というものなのですの？」

メイドたちは、絵を見ながら顔を赤らめてもじもじとしている。

元の世界の中でも最先端をいく日本の漫画の、さらに特殊な文化に触れて、彼女たちは新たな扉を開いてしまったらしい。

「……この言語がわかるのは、リトネ様だけね。仕方ないわ。リトネ様に読んでもらいましょう」

リトネがリンに昔話を読み終えるのを待って、ネリーはリトネにコミックを渡した。

「リトネ様、これも読んでいただけませんでしょうか？」

「うえっ……全力でお断りします！」

リトネは無情にも、そっぽを向いて翻訳を拒否する。

「なせでしょうか？　その、非常に芸術的な絵が描いてあるので、私たちも読みたいのですが」

メイドたちはリトネを取り囲み、必死の表情で頼み込む。

「だからですよ！　僕はこの世界にゲイ術を持ち込む気はありません。これは焼却処分してください！」

リトネの明確な拒絶に、メイドたちは悲鳴を上げた。

「そんな！　ひどい！　リトネ様のけち！」

「もったいないですよ。これ、絶対売れますよ！」

メイドたちは口々に非難するが、そこはリトネも譲れなかった。

「なんと言おうとだめです！　これは禁断の書物です」

「……なら、これはいいんですか？」

そう言ってネリーが、リトネが確保していたとある本を持ち上げる。そこには、男子の夢が詰まっていた。

「そ、それは……ええと、その……」

メイドたちから冷たい目で見られてちょっと動揺するリトネ。しかし気丈に言い返した。

「それらは、ちゃんとした芸術だからいいんです」

「男って本当に身勝手ですね……」

ネリーはリトネをにらむが、彼も引かなかった。

「とにかくだめです」

「……なら、仕方ありませんね。キュリー様にお願いしましょう」

そう言ってメイドの一人がキュリーを呼んでくる。

いつものことながら無表情なキュリーは、いきなり不機嫌だった。

「なんの御用です？　皆さんみっともなく騒いで……ん？　これは？」

手渡された本に目を落とすと、彼女は沈黙する。

「……この秘宝はどこで？」

しばらくして静かに顔を上げたキュリーのメガネは、なぜかキラキラと光っていた。

「リトネ様が異世界から召喚なされた本です。それで、キュリー様に協力していただきたいのですが……」

ネリーが耳元でゴニョゴニョとつぶやくと、キュリーはコクコクとうなずいた。

その様子を見ていたリトネはどんどん不安になっていく。

「な、何をするつもりなんですか？」

「ふっふっふ。『言語共鳴』という感覚に作用する風の魔法があるのです。これを使えば、人の言語感覚をコピーして伝えることができます。キュリー様にそれを使ってもらえれば……」

ネリーが勝ち誇ったように言う。

「そうか、そうすれば！」

「リトネ様の日本語をコピーしたキュリー様から、私たちも教えてもらえば、この本が読めるようになります」

メイドたちの期待を受けて、キュリーもうなずく。

「よいでしょう。異世界の進んだ文化を取り入れるのは、この世界のためにもなりますからね」

それを聞いて、メイドたちは歓喜した。

「さ、キュリー様は、概念の受け手でお願いします」

「わかりました」

いつものように無表情で答えるが、キュリーの顔は興奮のために少し赤らんでいた。

「では、リトネ様は概念の送り手でお願いします。さあ、これを読んでください」

「い、嫌だ！」

リトネは慌てて逃げ出そうとするが、メイドたちに取り囲まれて、無理やり身体を押さえつけられてしまった。

「さあ、お願いします。私たちはどうしても知りたいのです。なぜ男性同士がハダカで抱き合っているのですか？　二人はいったい何をしているのか……？」

リトネの前に、先ほどのコミックのページが開かれていく。

「い、嫌だぁぁぁぁぁぁぁぁ！」

結局リトネは、一ページずつ丹念に読むことを強要されるのだった。

† シャイロック家　応接室

豪華な服をまとった男が、落ち着かない様子で爪を噛んでいた。

「……なぜ私が呼びつけられたのだ。まさか、あのことがバレたのでは？　いや、何人もの仲介者を通して依頼したはずだ。バレるはずがない」

そう必死に自分に言い聞かせる男は、ゴールド・シャイロック鉄爵である。

現当主イーグル・シャイロックの兄の息子であり、つい先日まではシャイロック家の後継者筆頭だった。

「これというのも、あの小僧が悪い。あいつさえ出てこなければ、私がこんな苦労をする必要もなかったのに」

憎しみをぶつけるように吐き捨てる。現当主の血を引く実の孫——リトネの出現で、ゴールドは後継者の地位が大きく遠のいていた。

　自分が後継者だと安心しきっていた彼にとって、リトネの出現はまさに寝耳に水で、とうてい納得できなかった。

「このままでは破滅だ……あのことがバレたら、今の地位まで失う。もしそうなったら、どうやって借金を返せばよいのだ……」

　リトネの出現により、ゴールドはシャイロック家当主になれなくなっただけでなく、彼を見限った商人たちから、借金返済まで迫られていた。

　つい先日会った商人たちとの会話を思い出して、ゴールドは暗い気分になった。

「……ゴールド様。私たちはあなたがシャイロック家の当主となり、将来領地を支配すると思っていました。ですが、思い込みだったようですな」

「当主になられると思って、返済を猶予していたのですが、もはやこれまでです。一括で払ってもらいましょう」

　商人たちから手のひら返しをされて、ゴールドは慌てる。

「ま、待て。まだあの小僧が後継者になると決まったわけではない！　打つ手はある」

「そうでしょうか？　ならば、なるべく早く、我々が納得できるプランを見せてください」

　そう言って商人たちは去っていった。

　追い詰められたゴールドは、暗殺ギルドに赴《おもむ》く。暗殺を依頼し、リトネを殺害してもらおうと思ったのである。

「よいか、一刻も早くあの小僧を始末するのだ！」

「お任せください！」

そう言って暗殺者たちは自信を持って胸を叩いたが、一週間もしないうちに彼らからの連絡が途絶えてしまった。

そしてゴールドがやきもきしているうちに、今回急に叔父イーグルから呼びつけられたのである。

不安に駆られるゴールドの前に、不機嫌な顔をしたイーグルが現れた。

「これは叔父上、ご機嫌うるわしゅう……」

「残念だが、ワシの機嫌はうるわしくはない。貴様の顔を見ているだけで不快になる」

ゴールドの社交辞令の挨拶を遮《さえぎ》り、イーグルは冷たい目でゴールドをにらみつけた。

「な、なぜでしょうか？」

「すべてわかっておる。貴様が借金で首が回らなくなっていることも、後継者から外されて商人に責められたことも、悪あがきをしてワシの可愛いリトネを暗殺しようとしたこともだ！」

叔父から厳しく言われて、ゴールドは恐怖に震えた。

「だ、誰がそんな根も葉もないことを……」

「まだシラを切るか。見せてやれ！」

イーグルが秘書のキュリーに向かって顎《あご》をしゃくると、彼女は一礼して退出していった。

「な、なにを……げっ！」

すると、複数の棺桶を担いだ屈強な騎士たちが入ってくる。

棺桶の中には、見覚えのある暗殺者や、仲介した暗殺ギルドの担当者などの死体が入っていた。

イーグルが厳しく問う。

「お前はこの者たちを知っておろう」

「なんのことだか……」

汗びっしょりでとぼけようとするゴールドに、イーグルは冷たく告げた。

「そうか。なら当主の権限で貴様を拷問にかけよう。なんならそのまま殺してもかまわん」

騎士たちはゴールドに駆け寄ると、無理やり立たせる。

そのまま拷問室に連行しようとしたところで、ゴールドが叫ぶ。

「も、申し訳ありませんでした！　何とぞ命ばかりは……」

あっさり白状して、地面にへたり込むゴールド。

「……離してやれ」

騎士たちが離すと、ゴールドは地面に頭をこすり付けて命乞いをした。

そんな甥の姿に、イーグルはやれやれといった顔をする。

「……このまま殺してやりたいところだが、そうもいかぬ。今のシャイロック家には、リトネを支えるべき親族が少ないのでな。仕方がない。これを着けろ」

そう言うと、イーグルは地面にキラキラと輝く輪を放り投げた。怪訝《けげん》な顔をするゴールドに、イーグルは説明する。

「これは、我が孫が開発した『隷属のち○こ輪』というものじゃ。貴族向けの隷属の首輪みたいなもんじゃな。もし貴様がリトネに危害を加えたり逆らったりしたら、その輪が自動で締まり、最後には大切な部分を切り落とすという設定にしておる。それを貴様の局部に着けろ」

「そ、それは……それだけは……」

股間を押さえて必死に首を横に振るゴールドだが、イーグルは情け容赦なく迫る。

「ならば、ここで死ぬか？　ワシはどちらでもよいぞ。死んで罪を償うか、生きて償うかの違いじゃ」

「ひいっ……わかりました。装着します」

しぶしぶ局部にリングを着けるゴールド。

ゴールドが抵抗できない状態になったのを確認すると、イーグルはにやりと笑う。

「心配するな。ワシはこの年になって、孫から一つ良いことを学んだのだ。人を完全に隷属させるには、ムチだけではだめだと。ちゃんとアメもやらぬとな」

「アメ……ですか？」

絶望していたゴールドは、突然アメと聞いて首をかしげた。

「そうだ。アメじゃ。心して受け取るがいい」

一転して笑みを浮かべたイーグルは、慈悲深い父のような顔になって話し始めた。

「確かに貴様にしてみれば、今まで後継者候補であった自分がいきなりそうではなくなったのだから立場がないと思うのも当然だろう。リトネを排除したくなるのも無理ない」

「そ、そうです！　私にもそれなりの理由があるのです……すみません」

調子に乗って言うゴールドだったが、イーグルはひとにらみにして沈黙させる。

「貴様は罪を犯したとはいえ、まぎれもなくシャイロック家の者。これからは、有力親族としてリトネに仕え、一生をかけて誠心誠意支えるのじゃ。そうすればちゃんと見返りをやろう」

「見返り……ですか？」

ますますわからないという顔をするゴールドに、イーグルはドヤ顔で言い放つ。

「たしか、貴様には娘がおったはずだ。ナディといったかな？」

「は、はい！　今年十二歳になる可愛い娘で……あっ、まさか！」

ゴールドは、イーグルの意図に気がついてハッとなった。

「そのまさかじゃ。ナディをリトネの婚約者にして、我がシャイロック家を一つにまとめようと思う」

それを聞いたとたん、ゴールドは満面の笑みを浮かべた。

「そ、それは素晴らしいですぞ。我が娘は美しく、魔法の才能も優れていて、性格も良く、リトネ様と同い年。まさに結婚相手としてぴったりではないですか！」

ゴールドは必死になって娘の長所をアピールし出す。それをイーグルは苦笑しながら聞き流す。

「まったく。暗殺など考える前に、自分から娘を我が孫と結婚させたいと申し出ればよかったのだ。そうすればシャイロック家において、お主の立場は当主に次ぐものとなったじゃろうに。まあよい、今後はリトネの義父となり、その後ろ盾を務めよ。リトネとナディの間に生まれた子が、次の次の当主じゃ！　この婚約を受け入れたら、貴様の借金も当家で肩代わりしよう」

「あ、ありがとうございます‼　これからは、全力でリトネ様を支えさせていただきます」

再びゴールドは平伏《ひれふ》して、忠誠を誓うのだった。

◇◆◇◆◇

朝食の場で、イーグルが機嫌よくリトネに話しかけてくる。

「そうだ。以前お前が言っておった、ひろいんとやらの少女をお前の婚約者としたぞ。近いうちに我が家にやってくる」

「それは、誰です？」

「お前の又従兄妹《またいとこ》にあたる、ナディ・シャイロックじゃ！」

それを聞いたとたん、リトネの顔色が変わった。

「え？　な、なんでまたいきなり……」

「なんでって、お前が勇者から奪わなければ、彼女たちは世界を破滅に導くのであろう？」

うれしくなさそうなリトネの様子を見て、イーグルは首をかしげる。

「確かにそうなんですけど、ナディは一番最後にしたかったんですよ……」

そう言うと、リトネはその訳を説明し始めた。

ナディ・シャイロック。

原作では勇者ヒロインズの中で、もっとも攻略が難しいとされていた。

性格は暗く、無口。趣味は読書で男に関心がなかったが、魔法学園で出会った勇者には異常な愛情を示し、彼を独占しようとして他のヒロインたちと激しく争う。

「つまり、ちょっと病んでいるのです。彼女を攻略してしまうと、邪魔されて他のヒロインたちを手に入れられなくなる可能性があります」

キチクゲームでも顔は可愛いが性格は悪いと言われていて、あまり人気がないキャラだった。

「ふむ。よけいなお世話じゃったかのう？」

イーグルは髭《ひげ》をひねりながらうなっていたが、しばらくして首を横に振る。

「だが、彼女の父であるゴールド・シャイロックが、跡継ぎの座を狙って暗躍しておってな。奴の娘をお主の婚約者とすることで、奴に一定の利益を与えて味方に付けようと思ったのだ」

「……心配していただいて、ありがとうございます」

リトネは素直に礼を言った。

（……たしか原作でナディはリトネの奴隷だったな。死んだような目をしてリトネをじっと見ていて……あ、もしかしたら、ゴールドがこの件で粛清《しゅくせい》されて、ナディの心が歪んだのかもな。そう考えたら、今の段階で彼女を婚約者にすることは悪い選択じゃないかもしれない）

そう思ったリトネは、祖父に笑顔を向ける。

「まあ、なんとかしてみせましょう。友好的に接したら、彼女も心を開いてくれるかもしれませんし」

「その意気じゃ。シャイロック家を継ぐ者として、女の一人くらい惚《ほ》れさせるのじゃ！」

豪快に笑うイーグル。

しかし、リトネとナディの出会いは最悪のものとなるのだった。

◇◆◇◆◇

数日後、豪華な馬車に乗って、小心そうな男と、白い肌に黒髪の小柄な美少女が館を訪問してきた。

男のほうはうれしそうだったが、少女は暗い雰囲気をまとって俯いていた。

男が告げる。

「どうも、リトネ様。ゴールド・シャイロックです。こちらは私の娘のナディと申します」

「………」

ゴールドはもみ手をせんばかりに卑屈な笑みを浮かべているが、ナディは無表情で無言のままである。

「こら、ちゃんと挨拶をせんか！」

父親に怒られて、少女はしぶしぶと口を開いた。

「……ナディ……です」

軽く挨拶はしたが、またすぐに下を向く。応接室には気まずい雰囲気が漂《ただよ》った。

「は、はじめまして。リトネ・シャイロックと申します。ナディさん、よろしく。あなたとは又従兄妹になりますね。お会いできて光栄です。お祖父様から聞いていたとおり、お綺麗な方ですね」

リトネは精一杯の笑みを浮かべて話しかけるが、ナディはぷいと顔を背《そむ》けた。

「…………その笑顔、きもい」

ナディがそう言ったとたん、部屋の空気が凍りつく。

きもいと言われ、ショック状態のリトネが言う。

「な、なぜだ。明るく友好的に話しかけたのに！　好印象を与えられると思ったのに！」

「…………ただし、イケメンに限る。あなたじゃ無理」

「ぐはっ！」

ナディはリトネの心にナイフを突き刺し、グリグリと抉《えぐ》るように悪口を言った。

「なんじゃと⁉　この小娘、ワシの可愛いリトネになんと言った！」

イーグルの額に血管が浮き出たので、ゴールドはこれ以上ないくらいに慌てた。

「も、申し訳ありません。こらナディ、謝りなさい！」

父親から叱られてもナディは動じない。さらに思ったことをそのまま口にする。

「事実を言ったまで。作り笑顔がきもい。お金と権力で無理やり私を婚約者にしようなんて最低。私を利用しようとする下心が見え見え。そんな男と結婚なんか、絶対したくない」

ナディは立ち上がって部屋から出ていってしまった。

残った三人の間に、気まずい沈黙が降りる。

しばらくして、イーグルが重々しい声でゴールドを叱る。

「……貴様は貴族としての心構えを、娘に教育しておらんのか？　いきなり婚約という話で、困惑するのはわかるが、あの態度は失礼極まりないぞ。断るにしても言い方があろう」

「も、申し訳ありません。ナディはまだ子供でして、物語の王子や勇者にあこがれるばかりで。いつか私は勇者と結婚するんだと言って聞かず、私も手を焼いているのです。貴族の娘は嫌だ。私は母のように冒険者になるんだから、家の事情など知らないとわがままを申しまして……」

ゴールドは汗びっしょりになって頭を下げている。それを聞いて、むしろリトネは納得してしまった。

（そうか。ナディは本を読んで、物語の冒険にあこがれているという設定だった。そんな女の子の前に、王の隠し子で勇者である主人公が現れたら、そりゃ惚れるだろう……待てよ？）

疑問を感じたリトネは、ゴールドに問いかける。

「妙なことをお聞きしますが、奥様はお元気でしょうか？」

「え？　は、はい。我が妻は今日も元気に冒険者として各地を飛び回っております」

「冒険者……なんですか？」

「は、はい。Aランクの冒険者『白姫《しらひめ》ノルン』としてダンジョンに潜ったり、魔物を討伐したりしております。いい年をしてお恥ずかしい」

ゴールドは顔を赤くしてそう言った。恥ずかしいとは言うが、妻を愛しているのだろう。

（ちょっと待てよ。白姫ノルンって、キチクゲームに出てくるよな。たしかとあるダンジョンで毒針に刺されて、昏睡《こんすい》状態に陥るんだっけ。それを勇者が治療することで、ノルンの娘と勇者は恋仲になるはず……ってことは、まだ原作のストーリーが始まっていないから白姫ノルンは元気なのか）

改めて、今は原作前の時代なのだと実感する。ゲーム開始前となると、前世のゲームの知識も参考程度にしか役に立たない。

（……ナディに婚約を強制したら、逆効果になりかねないな。無理はすまい）

そう結論を下し、今の段階での攻略は保留にすることにした。

「リトネ様！　本当に申し訳ありませんでした。娘には私からきつく言っておきますので、どうか婚約解消だけはご勘弁を……」

みっともなく懇願してくるゴールドに、リトネは笑いかける。

「いや。出会ったばかりの男を婚約者になど、そもそも無理な話でした。とりあえず、友達になれるように努力します。ゴールド様も、あまりきつく叱らないでやってください。彼女を追い詰めてしまいます」

「……そうじゃな。考えてみたらまだまだ子供じゃ。結婚など先の話じゃからな」

イーグルもリトネの思惑を悟り、フォローしてくれた。

「あ、ありがとうございます」

大げさに頭を下げるゴールドに苦笑し、リトネは立ち上がった。

「では、子供らしく彼女を追いかけてみます。あとは僕に任せてください」

一礼して、リトネは応接室を出た。

「さて……どうすれば仲良くなれるかな？」

そうつぶやきながら廊下を歩いていると、頭にミルキーを乗せたリンと出会う。

「おはよう、お兄ちゃん」

「きゅい！」

リトネの姿を見るなり、うれしそうに駆け寄ってくるリン。その仕草に癒やされながら、彼女にナディのことを聞く。

「ねえ。小さくて綺麗な女の子を見なかった？」

「その子なら、図書室に行ったよ」

それを聞いてリトネはうなずく。

「よし。いっちょやるか。リンも来てくれ」

リンの手を引いて、リトネは図書室に向かうのだった。

† 図書室

何万もの蔵書の中、ナディは一つのコーナーの前で本を手に座り込んでいた。

『勇者アルテミックの生涯』と書かれた分厚い本を、すごい速さで読んでいく。

「……素敵《すてき》……勇者って、かっこいい……」

目をキラキラさせながらつぶやく。夢中になって読んでいたら、本に人影が落ちた。

ナディは読書を邪魔されて、不快そうに顔を上げる。

「もう！　読書の邪魔をしないで……え？」

リトネとリンを見た瞬間、ナディは固まってしまった。

「あ、あの、どうしたの？」

「どうされましたか？」

リトネとリンの問いかけを無視して、ひたすら一点――リンの頭の上を見つめていた。

「きゅい？」

自分をジーーーッと見つめてくるナディに、ミルキーは不思議そうに頭をかしげた。

次の瞬間、ナディは大声を上げて、ミルキーに抱きつく。

「ド、ドラゴンの赤ちゃん!!　可愛いいいいいいい！」

「きゅぃぃぃぃぃぃぃぃぃ！」

図書館にナディの歓声と、ミルキーの叫び声が響き渡るのだった。


「ねえ、もういい加減に離してあげようよ。ミルキーが嫌がっているよ」

リトネがたしなめても、ナディは言うことを聞かない。

「……いや！　この子は私のもの！」

ブンブンと首を振るナディ。彼女の腕の中でミルキーはきゅいきゅいと鳴きながらもがいていた。

もう一時間も抱っこしたまま、梃子《てこ》でも動かない感じである。

「この子はこのままお家《うち》に連れて帰る。ここに置いておけないの！」

わがままを言うナディに、さすがのリトネも険しい顔になる。

「いい加減に……え？」

「いたっ！」

リトネが怒ろうとした瞬間、ナディは抱きしめていた手を離した。ミルキーに噛まれたせいである。

「きゅい！」

解放されたミルキーは、うれしそうにリトネの頭に乗って、すりすりと頬ずりした。

「そんな！　なんで、あなたみたいな男に懐いているの？」

ナディは不愉快そうに目を吊り上げて叫ぶ。

「この子は、僕を親だと思っているからね」

リトネは優しくミルキーの頭を撫でると、ミルキーはきゅいきゅいと鳴いて喜んだ。

「……ドラゴンに懐かれるのは勇者だけのはず。もしや、あなたみたいな男が勇者だとでも？」

暗い目をしたナディは、リトネをにらみつける。

「勇者だけ？　そういえば、勇者アルテミックがマザードラゴンを育てたって伝説が残っていたな。残念だけど、俺は勇者じゃないし、勇者になんかなりたくもないよ」

リトネが明確に否定すると、ナディはますますいきり立った。

「そんなの許せない。勇者でもないのにドラゴンに懐かれるなんて。やっぱり私はあなたが嫌い！」

見るのも嫌だと言わんばかりに、ふいっと顔を背けるナディ。

ヒロインの一人に露骨に嫌われてしまい、リトネはため息をついた。

「なあ、なんでそこまで俺を嫌うんだ？」

「……お父様から聞いている。あなたは平民の血が混じってるって」

ナディの顔には、身分が低い者に対しての差別意識が表れていた。

「確かにそうだけど、母親は金爵家の正当な血を受け継ぐ貴族だよ。それに、君だって母親は……」

「お母様のことを馬鹿にしないで！　確かに元は平民だけど、ただの平民じゃない！　冒険者として超有名な白姫ノルンなんだから！　あなたとは違うの！」

突然、ナディはわめき出した。どうやら彼女も平民の血が半分入っていることで、見下されたことがあったらしい。それで母親はただの平民ではないことにプライドを持ち、父親がなんの名声もない庶民だったリトネを見下すことで必死に心を保とうとしているのかもしれなかった。

「……だけど、生まれはもうどうしようもないぞ。自分の責任でもないことで嫌われてもな」

「ふん。それだけじゃない。あなたは卑しい金貸しの仕事をその年で祖父から任されて、多くの貴族たちを追い詰めている。私たちもどれだけ金貸しに責められて苦しんだか……大嫌い！」

純然たる貴族である父親が、ただの商人である金貸しに頭を下げる姿を見て、プライドが高いナディはすっかり金貸しを嫌いになっていたみたいだった。

「お父様も嫌い。つい先日まではあなたのことを平民の子供とか、無能な小僧とか馬鹿にしていたのに、私との婚約が成立するとなると手のひらを返して褒める。大人は汚い」

（そんなことを言うなよ……あのおっさんにもいろいろあるんだよ）

中身がおっさんのリトネは、ナディの潔癖さに辟易してしまう。

実は、ゴールドが多額の借金を背負うことになったのは、領地の麦が不作のときにすべての租税を免除して、民を救ったせいであった。足りない分を商人から借金することでしのいだのである。

ゴールドはリトネを暗殺しようとするような冷酷さを持つ一方、そうした慈悲心も持ち合わせていた。リトネとイーグルが彼を排除せずに取り込んだのは、そういう事情を汲んだからである。

しかし、事情を知らない彼女からすれば、誰にでも頭を下げる卑屈な父親に見えてしまうのも無理はなかった。

(さすがに、もっとも攻略が難しいヒロインだけはあるな。仲良くなるのは、すぐには無理か)

頑《かたく》なに自分を拒否するナディに、リトネはほとほと手を焼き、一旦あきらめることにした。

「わ、わかったよ。無理に婚約を押し付けたりはしない。大人になってどうしても僕が好きになれなかったら、解消してもいいから」

「当然。私は勇者と出会って素敵な恋をして、幸せな結婚をするんだから！」

ナディは目をキラキラさせて、まだ見ぬ勇者に恋焦がれるのだった。


なんとかナディをなだめて、二人で一緒に応接室に戻る。

むくれた様子のナディと渋い顔をしているリトネを見て、お茶を片付けに来たメイドがくすりと笑った。

「僕たちは仲直りできました。これから、よろしくお願いします」

「……お願いします」

リトネは作り笑いを浮かべ、ナディは嫌そうな顔をしながらも、しぶしぶ手をつなぐ。

その様子を見て、ゴールドはやっと安心することができた。

「おお、そうですか。それはよかった」

「……お父様。遅くなる。帰ろう」

ナディはリトネの手を振り払うと、次は父親の手を引いて帰りたがる。

「そうだな。では、失礼いたします」

「ああ。約束どおりナディが婚約者でいる限り、貴様の作った借金は我が家が肩代わりする。商人に言っておけ」

「我々を救ってくださって、ありがとうございます」

ゴールドは大げさに頭を下げ、ナディはますます嫌な顔をするのだった。

別れ際に、リトネはナディに忠告する。

「一つアドバイスさせてくれ。近いうちに、君のお母さん、白姫ノルンは、リリパット銅爵たちを救いにグーモダンジョンに行くだろう。そこで六魔公の一人、ツチグーモに負けて毒針に刺され、昏睡状態になるんだ。だから、近づかないように言っておいてくれ」

「……何言っているの？　母様はエルフ。誰にも負けないわ」

ナディはリトネの警告を馬鹿にして、ふんっと鼻で笑う。

「この忠告を生かすかどうかは君次第だ。でもこの手紙だけはお母さんに渡しておいてくれ。念のために君も読んで、頭に叩き込んでおくんだ」

そう言って、無理やり詳しい事情が書いてある手紙を持たせた。

「……あなた、本当にいろいろ押し付けがましくて、気持ち悪い」

「なんとでも言ってくれ。確かに伝えたからね」

リトネが怖い顔をして念を押すので、ナディはしぶしぶうなずくのだった。

二人を乗せた馬車が去っていくのを見送り、イーグルがつぶやく。

「……やはり、ナディを婚約者にしたのは余計なお世話じゃったかのぅ?」

「いいえ、そうとは限りませんよ。この機会に未来に起こることを警告できましたし。少なくとも、魔法学園で初めて顔を合わせるよりはマシですね。まあ、これから会う機会もあるでしょう。あとはゆっくりと仲良くなっていきますよ」

自分に言い聞かせるかのように、そうつぶやくリトネだった。

† 数日後

……とは言ったものの、ナディにいろいろ傷つくことを言われて、リトネは結構落ち込んでいた。

（そりゃ、確かに俺は勇者じゃないし、原作では嫌われキャラだけどさ。この世界はゲームじゃないんだ。稼がないと飯は食えないんだぜ。金貸しして何が悪いんだよ。それに、貴族のお坊ちゃんだからって甘えきった馬鹿ばかりだとは限らないんだよ？　領民の生活がかかっているんだから、現実に目を向けないといけないのに……）

落ち込むリトネを見て、リンとミルキーが同情してくれた。

「お兄ちゃん、あの人に嫌われたからって、気を落とさないで」

「きゅいきゅい！」

必死になって応援してくれる一人と一匹。その可愛らしい仕草に、リトネの傷ついた心は少しだけ癒やされた。

「うう……リンはいい子や」

リンを抱きしめて、よしよしと頭を撫でるリトネ。

（ふ、ふん。いいやい。俺にはリンがいるんだから！）

そんなことを思っていると、リンがこう言った。

「うん。お兄ちゃんは優しいから、きっといつか、いい人ができるよ」

「ぐはっ！」

それを聞いて、心に槍《やり》で刺されたようなダメージを受ける。

「お兄ちゃん。どうしたの？　なんだか苦しそう？」

この世に絶望したような顔をするリトネを見て、首をかしげるリン。

「な、なんでもないよ。それより、リンはどんな人が好きかい？」

「えっとね。かっこよくて、強くて、優しい勇者様!!」

リンは目をキラキラさせて、元気よく言い放つ。そんなリンの表情は、ナディが見せた顔によく似ていた。

（やばいぞ……リンは単に僕を兄として好いていてくれるだけで、思春期になって兄離れが始まったら僕を嫌うようになり、そして勇者に奪われたりして……）

リンが満面の笑みを浮かべて、「お兄ちゃん。今までありがとう。幸せになるね」と、勇者の元に行ってしまう未来が思い浮かぶ。

「そ、そんなの嫌だぁぁぁぁぁぁ！」

リトネは泣きながら、走り出した。

残されたリンは、ミルキーと顔を見合わせて首をかしげる。

「お兄ちゃん。どうしちゃったんだろ？」

「きゅい？」

ミルキーも首をかしげる。

「でもお兄ちゃん、あんなこと私に聞いてくるなんて、どうしたのかな？　ちょっとは私のこと女の子として見てくれているのかも？」

幼い顔を真っ赤に染めて、リンはそうつぶやくのだった。

一方リトネは、相変わらず走り続けていた。

（このままじゃやばいぞ……原作と同じようにに勇者にヒロイン全員を持っていかれてしまうかもしれない）

改めて勇者と張り合うことの難しさを思う。

あっちは勇者という生まれ持ったチート能力がある上に、隠し子とはいえ王の血を引く王子様。しかもイケメンとくれば、ほぼ無敵である。大貴族の跡継ぎとはいえ、能力的には平凡な少年であるリトネは最初から不利であった。

「これからどうすればいいんだろう……そもそも、勇者に勝つにはどうすれば？」

なんとかして彼に対抗できる力を身につけたいが、どうしたらいいかわからない。うんうんうなりながら廊下を走っていると、メイドが叫びながら追いかけてきた。

「お坊ちゃま！　大変です!!　早く避難してください！」

「え？　どうしたの？」

「中庭に巨大なドラゴンが現れました！　炎を吐いて暴れ回っています！」

そう言うと、メイドはリトネの手を引いて地下室に向かおうとする。

（え？　もしかしてマザードラゴン？　待てよ。たしか勇者が強大な力を手に入れたのは……よし！）

リトネはメイドの手を振り払い、先に中庭に向かって走っていった。

† 中庭

ボロボロになった騎士たちが、庭に倒れている。

鎧は裂け、炎で丸こげになっているが、傷ついているだけで命に別状はなさそうだった。

中庭に現れたリトネに、彼らは告げる。

「お、お坊ちゃま……お逃げください。凶暴なドラゴンです。我々も、まるで歯が立たず……」

そこまで言ったところで、意識を失って倒れる。

「グワァァァァァァァァァァァァァ」

真っ赤なドラゴンはリトネをひと目見るなり、大きな口を開けて威嚇《いかく》してきた。

（やばい。超こええ）

ドラゴンの迫力に押されてちびりそうになりながらも、リトネはドラゴンの前に進み出た。そして炎を吐くような動きを見せるドラゴンの前で、深く頭を下げる。

「マザードラゴン様。ようこそお越しくださいました。私はシャイロック家の跡継ぎ、リトネ・

シャイロックと申します。あなた様のご来訪、心からお待ち申し上げておりました」

礼儀正しく、そして卑屈にならないように精一杯敬意を示す。

ドラゴンはしばらくリトネをにらみつけていたが、一瞬目を背けると、ふんっと鼻息を漏らした。

「……一応、礼儀を知っているようだな。話だけは聞いてやろう」

しわがれた声でそう言うと同時に、マザードラゴンは姿を変えていく。

「……とりあえず、我が子の元に案内せよ」

艶《なま》めかしい女性の姿になったマザードラゴンは、偉そうに命じるのだった。

† ミルキーの部屋

「きゅいきゅい！」

ピンク色の幼いドラゴンが、女性にうれしそうにじゃれ付いている。

「おお、可愛い子でちゅね～。無事に生まれてよかったでちゅ」

ミルキーのために用意された部屋で、マザードラゴンは愛情たっぷりにお乳をあげていた。

「お兄ちゃんは見ちゃいけないよ」

「わかってるよ」

後ろからリンに目をふさがれた状態でリトネがつぶやく。

メイドたちもその様子を微笑ましそうに見つめていた。

「……もうよいぞ」

授乳を終えたマザードラゴンが声をかけ、リンはやっと手を離す。

「さて……リトネとか言ったな。事の経緯《いきさつ》を話してもらおう」

怖い顔になったマザードラゴンに、リトネは今までのことを包み隠さず話す。

すべて聞き終えたマザードラゴンは、大きくため息をついた。

「なるほど。嘘は言っていないようだ。お前たちは私の卵を盗んだ盗賊の一味ではなく、知らずに買い取っただけなのか。なら、責められぬな」

意外と話がわかるマザードラゴンに、リトネはほっと胸を撫でおろす。

「我々人間の無礼を、お許しいただけますか？」

「本音を言えば、皆殺しにしてやりたいところだがな。だが、ワラワも人間である勇者アルテミックに育てられた身だ。これも運命なのかもしれん」

無邪気にリトネの頭に上ってきゅいきゅいと喜んでいるミルキーを見て、マザードラゴンはため息をついた。

「我々の伝説にも残っていましたが、本当だったんですね」

「うむ。我が父は本当によい男でな。ワラワを実の子供のように愛し育ててくれた。ワラワを狙う人間や魔族を何十人も返り討ちにしてな。あの勇姿は、今思い出しても心が震えるのぅ」

マザードラゴンは当時を思い出して、頬を緩める。

しかし次の瞬間、冷たい顔をしてリトネをにらんだ。

「……だが、我が子の父が貴様とは、なんと嘆かわしい。力も魔力も並の人間と大して変わらぬではないか。今の貴様に預けると、我が子を守りきれぬだろうな」

「はぁ……やっぱりそうですか」

改めて自分の無力さを指摘され、リトネは落ち込む。

しかし、マザードラゴンはそんな彼を見て、ニヤリと笑った。

「仕方がないので、ワラワが加護を授けてやろう」

そう言ってリトネをぐいっと引きよせると、突然口付けした。

「○△▲×凹凸凹!!」

リトネの全身に激痛が走り抜ける。が、マザーは離してくれない。

『暴れるでない！　今そなたの体に竜血を流し込んでおる。しばらく耐えよ！』

口付けしたまま、マザーは思念波で話しかける。永遠に続くかと思われた苦痛は、やがて唐突に終わりを告げた。

「はぁ……はぁ……痛かった……」

「ほう、あれを耐えたか。根性だけはあるようじゃな。よいか、貴様に流し込んだ竜血は、加護と同時に呪いを与える。もし貴様が我が子を害したり、貴様自身が邪悪な存在になった場合は、呪いが体を蝕《むしば》むであろう」

マザードラゴンの言葉を聞きながら、リトネはうなずく。

（わかっていますよ。原作の勇者アベルが魔王を倒すぐらいまで成長できたのも、マザードラゴンの加護を得たため。そしてその後滅んだのも、加護が呪いに変わったため。なんにしろ、これで勇者と同じスタートラインに立てたぞ）

喜ぶリトネだったが、次のマザードラゴンの言葉で失望した。

「ワラワの与える加護は『限界突破』じゃ。高い回復力と、鍛えれば鍛えるほど強くなる体を授けたのだ。つまり、強くなったわけではない。貴様はまだ弱いままじゃ」

「え？　だったら、ミルキーを守れないんじゃ？」

簡単にチート能力を手に入れたと思ったのに、あてが外れてがっかりするリトネ。

「案ずるな。まだ我が子には乳が必要じゃ。これから毎日ここに通って授乳せねばならぬ。そのついでにワラワが貴様を鍛えてやろう。父アルテミックと同じくらい強く、我が子を守れるようにな」

そう言って笑うマザードラゴンを見て、リトネは不安を感じるのだった。

† 次の日

さっそくマザーを師匠とした、リトネの修行が始まった。

「では、我が父勇者アルテミックが編み出した伝説の闘法『雲亢竜拳《うんこうりゅうけん》』の修行を開始する」

「ウンコ竜拳？」

聞き間違えかと思い、びっくりして聞き返すリトネ。

「たわけが！　人の身で亢竜《こうりゅう》のごとく雲まで達するほど上り詰める拳じゃ！」

さっそくマザーにしばかれてしまった。

「は、はい。ご指導よろしくお願いします」

頭を下げるリトネの頭を、マザーはむんずとつかみ、ふわりと空中に浮き上がる。

「師匠？　な、何をするつもりですか？」

「まずは体で覚えなければな。いくぞ！」

そのまま七メートルの高さまで上がり、手を離すマザードラゴン。

「うわぁぁぁぁぁぁぁぁぁ！」

当然リトネは、地面目がけて勢いよく落下していく。そして――。

「ぐはっ！　いてぇぇぇぇぇ！」

なんとか両足を着いて着地したものの、普通に足を骨折してしまった。

「何するんですか!!」

痛みをこらえながら苦情を言うリトネに、マザーは平然と返す。

「心配ない。我が竜血の加護ですぐに治る。しばらく我慢しておれ」

「我慢って……いてぇ！」

骨折自体の痛みと、折れた骨が強制的に治る痛みで悶絶《もんぜつ》するリトネだったが、マザーは容赦なかった。

三十分後、リトネの足が完治したのを見届けると、マザーはまた頭をつかんで空中に持ち上げる。

「ちょ、ちょっと待ってください！　これってなんの修行なんですか！　意味がわからないんですけど！」

「心配するな。これを一日続けたら、体で意味がわかるようになるじゃろう」

マザーはリトネの抗議を聞き流し、再び容赦なく空中に解き放つ。

リトネは普通に落下し、また足を骨折する。

同じことが何回も繰り返され――。

†　そして六時間後――十二回目

「おかしいの。そろそろアレが起こってもよい頃じゃが……お主、マゾか？」

マザーは呆《あき》れたようにリトネを見る。が、彼からしてみれば、意味がわからず、たまったものではない。

「そんなわけないでしょう！　せめてなんの目的があるのか、教えてくださいよ！」

空中で持ち上げられながらわめくリトネに、マザーはため息をつく。

「口では説明できん！　痛いのが嫌なら、どうにかして痛くないようにせんか！　本能的にどうすればよいかはわかるはずじゃ」

そしてまた、空中で手を離され、すごい勢いで落下する。

(くっそぉぉぉぉぉ！　もう嫌だ！)

心の底から苦痛を嫌がる本能が働き、なんとかして骨折を避けようと体が動く。無意識のうちに、リトネは魔力を足に集中していた。

ドォーーーーンという音がして、本日十二回目の落下による土煙が巻き起こる。また失敗かと思い、マザーは愚痴るが……。

「やれやれ……物覚えが悪いの。そろそろだと思うのじゃが……おっ？」

土煙が収まると、中から人影が現れる。リトネは骨折することなく二本の足で立っていた。

「あ。あれ？　今何が起こったんだ？」

自分でもよくわかってないが、確かに無傷だった。

「ふむ。ようやく成功したようじゃな。ではまたやるぞ。今の感覚を忘れないようにするのじゃ」

「ちょ、ちょっと待ってください！　何がどうなったのか、自分でもわからないんですよ！」

考える間もなく、再び空中に持ち上げられて落とされる。

「あうっ！　い、痛い……」

しかし、今度は普通に足を骨折してしまった。

足を押さえてもだえるリトネに、マザーの怒りが爆発する。

「馬鹿者、なぜできぬ！　さっきは成功したではないか。さては苦痛に慣れかけておるな。ならば、死の恐怖もプラスしてやろう。次は高さ十五メートルからじゃ！」

「や、やめて！　いたいいたい！　骨折も治ってないのに！」

「知らぬ！」

容赦なく頭をつかんで持ち上げられ、高さ十五メートルまで連れていかれるリトネ。

「この高さだと、普通に死ぬじゃろうな。本気でさっきの感覚を思い出せ！　ふん！」

わざわざ勢いをつけて、地面に向けてリトネを投げつける。

リトネは死の恐怖を感じて、必死にさっきの感覚を思い出そうとした。

(死にたくねぇぇぇぇ！)

本能的に頭をガードする。手でかばい、体を固め、そして無意識に魔力を放出する。

(あれ？　この感覚……)

今まで魔法を使うときは、頭から放出されるイメージだったのだが、今は全身から放出されている。

考える暇もなく、そのまま地面に激突した。

ドォーーーーンという音がして、再び土煙が盛大に巻き起こる。

「お兄ちゃん!!」

「きゅい!!」

はらはらしながら修行を見ていたリンとミルキーが慌てて駆け寄ると、中庭には直径三メートルほどのクレーターができていた。

「お、お兄ちゃん。死んじゃったの?」

「きゅぃぃぃぃぃ」

リンが泣きそうになっていると、クレーターの底の地面が盛り上がり、何かが這《は》い出してきた。

「う、うう……がくっ」

ボロボロになったリトネが現れ、そのまま気絶する。

「お兄ちゃん! ヒール!」

急いでリンが抱きついて、水魔法で治療した。


しばらくしてリトネが目を覚ますと、冷たい目をしたマザーが見下ろしていた。

彼はベッドに運ばれ、寝かされている。

「ふん。死んでおらんかったか！」

つまらなさそうにそう言うマザー。

「あの……もしかして、俺を殺そうとか？」

「そんなわけがあるか。実際お主は生きているではないか」

「本当に死にかけましたけどね……」

リトネは、地面が迫ってきたときの恐怖を思い出して身震いする。

「それで、何が起きていたのかわかったのか？　なんならもう一回……」

「わ、わかりましたから！　今から見せますよ！」

慌ててリトネはベッドから飛び起き、魔力を意識的に体に通した。そして、体の中のある力をコントロールした。

「むん！」

全身からその力を放出すると、体に薄く防御壁ができる。

「わかったようじゃな。それが『気』じゃ」

「『気』……」

ゲームなどでよく聞く設定だったが、実際に体で理解したのは初めてだった。

「精神の中に宿る精のエネルギーが『魔力』。魔力を持つ貴族はそれを意識的に操り、世の理《ことわり》を捻じ曲げて魔法を使う。それに対して肉体に宿る精のエネルギーが『気』じゃ。これは体を鍛えた戦士や武道家が身体の強化などを行う際に使う。勇者などの英雄は、その両方を使いこなせるのじゃ。だから比類ない力を誇り、単体で軍を破ることもできる」

「なるほど……」

自分の中に存在しながら、今まで使いこなすことができなかった力。それをコントロールできるようになったことを実感して、リトネはうなずく。

「だが、これはあくまで雲亢竜拳の、ほんの導入にすぎぬ。明日からもさらに修行じゃ！」

「ひぃぃぃぃぃ！」

スパルタという表現をはるかに超えた厳しい修行に、リトネは悲鳴を上げるのだった。


雲亢竜拳の修行は、過酷を極めた。

ある日には、大きな釜の中に入れられ、そのまま火にかけられる。

「もっと耐えろ。体の表面の防御壁を自然に維持するのじゃ」

「熱い！」

まるで釜茹《かまゆ》での刑で、リトネは悲鳴を上げてしまう。

「防御壁を張り続けるのじゃ！　気をコントロールするのじゃ！　一日中でも維持できるようにせよ！」

結局その日一日中釜で茹でられたリトネは、体中がふやけてしまうのだった。

別の日には、素っ裸にされて裸足《はだし》で走るように強制される。

「さっさと走れ！　意識を足に集中させろ！」

「ひぃぃぃぃい！」

周りには、鋭い棘《とげ》を持ったハリネズミがのんびりと日向《ひなた》ぼっこしていた。

ここは大陸の端、パラディアの町の近くにある「針の山」である。

グレートハリネズミという魔物がうじゃうじゃと生息する、誰も近寄らない岩山に連れてこられたリトネは、一日中ランニングさせられていた。当然足元にはハリネズミがいるので、「気」を張り巡らせていないと、触れるだけで大怪我をすることになる。

「いたっ！」

足元にいた子供のハリネズミを踏みつけてしまい、リトネが悲鳴を上げる。

「馬鹿者！　常に防御壁を張り巡らしておかねばならん。『気』を断つから怪我をするんじゃ！」

血だらけになったリトネを容赦なく叱責《しっせき》するマザー。

こんな修行を一ヶ月も続けた結果、リトネはようやく気で体を防御することをマスターするのだった。

「ふむ……ようやく、勇者への入り口にたどり着いたのう」

「勇者って……」

「そうじゃ。勇者への道は険しく、果てしなく遠い。心して励め」

マザーにそう言われて、リトネは落ち込む。

「……だから、俺は勇者じゃないし、なりたくもないんですけど……何かおかしいな。俺は貴族のお坊ちゃんで、勇者からヒロインを奪って攻略すればミッションクリアだったはずなのに……あれ？」

何かを間違えたような気がするリトネだった。

◇◆◇◆◇

マザードラゴンとの地獄の修行や、貴族としての厳しい勉強にも慣れてきたある日、リトネはイーグルに呼ばれる。

「お祖父様、失礼します」

執務室に入ると、意外な人物がいた。

「ゴールド様？」

「リトネ様、お久しぶりでございます」

ゴールドは、以前より落ち着いた様子を漂わせていた。入ってきたリトネに一礼する。

「なぜゴールド様がこちらに？」

「うむ、実はな、王国の予算編成の時期が近づいてきたのだ。これから半年間、ワシは王都に滞在せねばならん」

王国から届いた命令書を見せて、イーグルは説明した。

「そういえば、お祖父様は財務大臣でしたよね」

「うむ。正直王国などどうでもよいのじゃが、王に泣きつかれてな。ワシが予算を組まぬとまともに国を動かすこともできぬ。だが、リトネだけを残していくのも不安なので、ゴールドを呼んだのだ」

イーグルは、ゴールドに目を向けると、厳しい顔で告げた。

「よいか、ゴールド。リトネはシャイロック家直系の証《あかし》である召喚魔法の使い手であり、マザードラゴンの加護を得て毎日修行に精を出している優秀な後継者だ。とはいえ、まだ十二歳の子供。ワシの代理を務めるのは無理があろう。ゴールド、貴様が補佐役となってリトネを支えるのじゃ」

「はっ、承りました！」

ゴールドは深く頭を下げて、命令を受け入れた。

「リトネ、お前はシャイロック家の跡継ぎとして、将来政治に深くかかわる身じゃ。ゴールドに師事して、実際の政務を学ぶがよい」

「はい。がんばります。ゴールド様もよろしくお願いします」

「こちらこそ。リトネ様」

ゴールドは、リトネがシャイロック家を継ぐことになんのわだかまりもないらしい。心から彼を支えようと思っていることが感じられる。

そしてリトネからも、ゴールドから政務を学ぼうという意欲が見て取れた。

リトネとゴールドの様子を見て、イーグルは安心したように笑みを漏らすのだった。

イーグルが王都に旅立ったあと、さっそくリトネはゴールドから政務の授業を受ける。

ゴールドは伊達や酔狂でシャイロック家の後継者を目指していたわけではないようで、領地について豊富な知識を持っていた。

「リトネ様、これが各村からの麦の収穫総量です。毎年変動しますが、表向きは二百五十万麦となっていますが、新しい麦畑の開発が進んでいるので、実際には四百万麦となる見込みです。家臣の数は二万人で、村や町を所有する家は八十家。その他は、皆麦取りという給料が支払われる身分です」

リトネはゴールドからは丁寧にシャイロック家の内情について説明を受ける。

「家臣に支払う給料は、年間二百万麦。その他の経費として三百万麦かかります」

「……ということは、麦による税収だけでは赤字ですね？」

じっと資料を見て、リトネがつぶやく。

数値が別々に示されていたのでわかりにくかったが、前世の銀行員の知識を使って貸借対照表を作った結果、麦収入だけでは赤字だということがわかった。

「……残念ながら、そうみたいですな。金貸しによる現金収入が百万アルほどありますので、それでなんとか回している状態ですね。私も把握してなかったのですが、こんな状況とは思いませんでした」

リトネが作成した資料を見て、ゴールドもため息をつく。

どうやら大貴族のお坊ちゃんであっても、そうそう贅沢ができる状況ではないらしかった。

「まずいな。勇者が王位に就くのは六年後か。それまでになんとかしないと」

今はまだ金貸しの収入があるのでなんとかやっていけるが、経済オンチの勇者が王になったあとは徳政令を出され、経済破綻するのが目に見えている。今のうちに何か手を打つ必要があった。

「うーん。もっと収入を上げる必要がありますね」

「では、リトネ様、新しい麦畑を開拓して収穫量を増やしましょう」

ゴールドが安易にそう提案してくるが、リトネはゆっくりと首を横に振った。

「いや、麦の収穫量を増やしても無意味です」

「なぜですか？　麦を多く売れば、収入が増えると思いますが」

ゴールドは首をかしげる。収穫量を増やしても無意味とは、よくわからない。

「各地の貴族が同じことを考えて麦ばかり作っているんですよ。それで、麦の流通を握っている商人たちに足元を見られ、安く買い叩かれています。麦を作れば作るほど、価格が安くなるという悪循環に陥っているんです。これではいくら作っても赤字になるだけ」

　麦相場の資料を見ながらリトネは説明する。確かに、麦の価格は下がりっぱなしだった。

「なるほど……一理あります」

「だから、麦の生産の仕方自体を考え直す必要がありますし、麦以外の作物も作ったほうがいいですね。そして、その流通を商人ではなく我々が直接握ってしまえば、大きく収入を上げることができます」

「なるほど！　しかし、都合よく売れる作物がありますか？」

「そこは、僕に任せてください」

　リトネは自信を持って胸を叩くのだった。


　リトネはゴールドをある倉庫に連れてきていた。

　そこでは、多くの訳のわからない品物が山のように積まれている。

「これは……なんですか？　見たこともないものばかりです」

「ゴールド様には初めて申し上げますね。私の能力は『異世界で捨てられている物』の召喚なのです。異世界ではゴミとされていますが、この世界にはないものですので、役に立つかもしれません。ですので、こうやって保管しているのです」

「なるほど……」

リトネの能力に、素直に感心するゴールド。

「異世界では多くの種類の食物が栽培されています。それらは全部消費されるわけではなく、ゴミとして捨てられているものも多いんです。今からそれを召喚したいと思います」

リトネはそう言って、目を閉じて集中する。

「闇の精霊ダークミレニアムよ。異世界のゴミとして捨てられた『農作物』を取り寄せたまえ！」

リトネが杖を振った瞬間、多くの植物が倉庫の床に現れた。

「これは……」

それを見てゴールドは絶句する。

麦やオオムギなど、この世界でも栽培されているものもあったが、微妙に違っている。その形状は黄色い粒がたくさんなっている流線型をした作物や、茶色の粒が鈴なりになっているものなど見たこともないものばかりだった。

「これはこの世界でも一般的に栽培されている麦を、品種改良したものなんですよ」

「確かに、背が低いですね」

リトネが手に持った麦を見て、ゴールドが感想を漏らす。

「実は背が低いところに改良点があるのです。我が領でも麦の栽培に肥料は使用していますよね」

「ええ、そもそも各村を統括している代官になる条件として、初級以上の土魔法が使えることが挙げられますし。彼らは各村を回って、排泄物を分解して肥料にしていますね」

相槌を打つゴールド。

「しかし、肥料をやりすぎると、土が根を支えきれなくなって倒れてしまいます」

「おっしゃるとおりです……え、もしかして背が低いのは？」

「そうです。この麦はあえて背が低くなるように品種改良されています。そうすることによって、肥料を大量に与えられても耐えることができ、たくさんの実をつけることが可能になるのです」

リトネが誇らしげに言っていることは、地球で一九六〇年代に行われた植物の品種改良、いわゆる「緑の革命」である。

生産量を向上させるために肥料を多く与えると、穂が重くなり植物が倒れてしまう。そうなると根や茎からの養分が穂へ伝わらなくなったり、穂が水に浸かったりして収穫物の品質や量の低下を招く。この問題に対して、草丈を短くして解決したのである。

地球では世界規模で緑の革命が行われた結果、飛躍的に農業生産が向上し、食料事情が大幅に改善されたのであった。

「なるほど。す、素晴らしいです」

リトネから詳しく説明を聞いて、ゴールドは感動している。

「これを使えば、少ない面積で今まで以上の収穫量が期待できます。そうしておいて、余った耕作地に新しい作物を植えましょう」

リトネはそう言って、他の農作物の説明をする。

「これはトウモロコシというものです。乾燥した地域に適しています」

ゴールドが手に持っている黄色の粒の植物を指差すリトネ。さらに説明を続ける。

「他にも、コメ、ジャガイモ、キヌアなどを召喚しました。コメは湿地帯で栽培できます。ジャガイモは芽に毒がありますが、それを取り除けば食用に適し、種芋の何倍もの収穫が期待できます。そして、キヌアは高山地帯でも痩せた土地でも栽培でき、栄養価の高い優れた食物です」

リトネの話を聞いて、ゴールドは感心しつつもふと疑問に思った。

「しかし、売れるでしょうか？　初めて見るものばかりですが、味のほうは……」

「お疑いなら、試食してみますか？」

リトネはそう言って、ニヤリと笑った。


数日後、ゴールドが呼びかけ、シャイロック家の有力な家臣たちが集められた。

彼らを待っていたのは、食事会である。

「さあ、どうぞ！」

メイドに手伝ってもらって、有力家臣たちに新しい作物の料理を振る舞う。

最初はおっかなびっくり手をつけた彼らだったが、一口食べると笑顔になった。

「これはうまい！」

禿《は》げ頭の官僚の一人が、トウモロコシの粒をポロポロとこぼしながら食べている。

「単純に塩水でゆがいてやわらかくしたものですけど、おいしいでしょう」

「ええ、こんなの初めて食べました」

リトネに尋ねられたその官僚の口元には、トウモロコシの粒がついていた。

「これは……やわらかい」

ゴールドは炊き立てのご飯を食べて、目を丸くしている。

今までパンを主食としていた彼にとって、コメは新食感だった。

「コメと一緒にこれをどうぞ。ジャガイモを肉と一緒にやわらかく煮た肉じゃがです。ご飯に合いますよ」

リトネにすすめられて肉じゃがを食べたゴールドは、思わず涙を一筋流した。

「なぜか懐かしい気がします。母の作ってくれた手料理のような優しい味だ。私は政務にかまけて、何年母に会っていないのであろうか……おっかさん」

涙ぐむゴールドを放っておいて、リトネは別のふくよかな女性家臣に茶色のモコモコした料理をすすめる。

「あなたにはこれがおすすめですよ。このキヌアは、食べるだけですっきりと痩せて美しくなれます」

そう言われて、女性は目の色を変える。

「ほ、ほんとうですか？」

「ええ。しかも栄養のバランスがよいので、健康にもなれますよ」

おそるおそる食べてみる女性。

「おいしい……これは山間部でも栽培できるのですよね。私の村は寒く、雨が少ない高原なのですが、栽培できますか？」

「ええ、むしろ最適ですね」

女性家臣が、急に目に涙を浮かべて礼を述べる。

「リトネお坊ちゃま……ありがとうございます」

彼女は感謝を込めて、リトネの手を握るのだった。

「さあ、皆さん新しい麦でのパンが焼き上がりました。どうぞお試しあれ！」

メイドたちが大量のふっくらとしたパンを持ってくる。

それらを食べた家臣たちは、お互いに顔を見合わせた。

「おいしい……」

「なんだこの味は。確かに麦のパンだが、どこか違うぞ」

彼らの反応を見て、リトネはしてやったりといった顔になる。

「皆様が今まで栽培していた麦はライ麦ですね。これはそれより甘みの多い小麦です」

家臣たちは、美味しさにうなり声を上げた。ご馳走をたくさん食べて、満足した家臣たちにリトネが頭を下げる。

「皆様、どうかこの新しい作物を広めるのに協力してください。これらが広まれば、シャイロック領は今よりさらに豊かになるでしょう。しかし、私一人では何もできません、皆様の協力が必要です」

殊勝に頭を下げるリトネを見て、心の中で反感を持っていた家臣たちも見直し始める。

（平民の血が混じった下賤《げせん》な小僧と思っておったが、なかなか礼儀正しいではないか）

（新しい作物をもたらすとはなかなかやる。協力したほうが我が家の利になるかもしれん）

（ゴールド様も協力しておるようだし、リトネという小僧がシャイロック家の跡継ぎになることは決まったようなものだな。ならば、今のうちに協力して……）

礼を尽くし、利を提示して協力を頼んでくるリトネに対して、彼らは利用価値があると判断したのだった。

「わかりました。協力します！」

こうして家臣たちはリトネに従うことを誓った。

有力家臣たちの反応を見て、リトネは安堵する。

「うまくいったな……これで大丈夫だろう」

リトネは喜ぶ家臣たちを一望し、最後の仕上げとして告げる。

「では、皆様の領地でこれらを栽培し、うまく根付いた作物を広めてください。作り方はこの本を参考にしてくださいませ」

リトネは、日本でゴミとして捨てられていた農業本から抜き出した、新しい作物の栽培マニュアルを種籾《たねもみ》と一緒に家臣たちに配っていく。

家臣たちは、シャイロック家に明るい未来が来るのを感じて、それらをうやうやしく受け取るのだった。

ロスタニカ王国　財貨室

一方、王城にやってきた財務大臣イーグル・シャイロックは、王国に残されている財貨を確認してため息をついていた。

「これはひどいぞ……どうしてこうなったのだ」

一国の財貨室だけあって、それなりに金銀財宝であふれていたが、肝心なものが足りなかった。財貨がないのである。

建国当時は山のようにあふれていた金貨、銀貨がない。残っているのは、簡単に売れない歴代王の遺品や、宝石や美術品ばかり。

このままでは、財政破綻する可能性すらあった。

「……ワシが領地に帰っている間、この部屋の財貨には手をつけるべからずときつく申し渡したはずだが……いったい何があったのだ！」

イーグルは鋭い目で財務担当の官僚をにらむ。すると彼は恐れ入って平伏《ひれふ》したが、同時に言い訳を始めた。

「それが……緊急の出費がございまして」

「出費とはなんだ？」

「勇者アルテミック誕生四百年祭の追加予算と、寵妃《ちょうひ》アントワネット様のギャンブルの負け分の補填《ほてん》、それから国の直臣である大騎士たちからの借金の申し込みがありまして……」

それぞれの金額を提示されて、イーグルは眩暈《めまい》がしそうになった。

「勇者誕生祭の予算は決まっておったはずだ！　そもそも国庫がこのように厳しい現状で、倹約令が出ていたはず！　なぜ追加の費用などを許した！」

「……通産大臣ソレイユ銀爵の命令で、四百年の節目の年なのでもっと派手にするようにと」

「あやつか……」

シャイロックは苦りきった顔をする。王の幼馴染というだけで国の重要な役職に就いたソレイユ銀爵は、彼の目から見たら国庫を食いつぶすシロアリだった。

（どうせ商人たちにおだてられて、大量に経費を水増ししたに違いない）

こみ上げてくる怒りを抑え、イーグルは次の質問をする。

「アントワネット様のギャンブルの負けを、なんで国庫から出すのだ！」

「い、一応、書類上ではお貸ししたということになっておりますが……」

「馬鹿め！　あの女が返すわけがあるまい！」

「ごもっともではありますが、私どもでは逆らえません」

財務官僚はうなだれて、力なく言った。

「……最後の、大騎士たちへの貸し金は？」

「それが……今年は全体的に麦が凶作でして、大騎士たちから悲鳴が上がっております。彼らは国の直臣。泣きつかれると、国としても貸せないとは言えず……」

「凶作？　であれば、麦の価格が跳ね上がるはず。麦の相場は上がっていなかったが？」

シャイロックは首をかしげる。彼は経済市場についても詳しかった。

「それが、商人たちが手を組んで、麦の収穫の季節になると在庫を市場に流して相場の価格を安く維持しているのです。だから凶作でも麦の買い取り価格は上がらず、大騎士たちは泣く泣く安い価格でなけなしの麦を手放さざるを得ず……。そうして金が足りなくなった大騎士たちが、借金を国に申し込んできたので、仕方なくお貸ししました」

「ううむ……致し方ないか。商人たちの行いは腹立たしいが、そのおかげで麦が凶作でも販売価格が上がらず、民が飢えずに済むという面もある」

うなりながらも、しぶしぶ官僚の言い分を認める。

「だが、金を貸すなら貸すで、ちゃんとした金利を取り、返済計画を立てた上での話であろうな！

契約書を持ってまいれ！」

シャイロックの怒声に、慌てて官僚たちは大騎士たちの借用書を持ってくる。

それを読んで、イーグルは思わず破り捨てたくなった。

「これはなんなんだ!!　無利子で貸し付けた上に、返済期限も書いてないぞ！」

「そ、それが、国家たるものが卑しい商人のように利子を配下の大騎士から取り立てるなど、絶対にしてはならぬ、返済は麦が豊作になったときにすればよいと言われまして……」

「誰がそんなことを言った！」

もはやイーグルは鬼のような顔になっていた。官僚たちは顔面蒼白になりながらも、声を絞り出す。

「お、恐れ多くも、国王陛下のお言葉で……」

「馬鹿な！　王が毅然《きぜん》とした態度を部下に示さずにいてどうする！　大騎士どもに舐められるだけではないか！　あの馬鹿王め！」

ついにイーグルは癇癪《かんしゃく》を起こしてしまった。

「おっしゃるとおりです。このままでは、国庫が破綻してしまいます。もはや来年度の俸給を支払うあてすらない有様でございまして……」

財務官僚の男たちは青くなって震えていた。

「……やむを得まい。現状をまとめて陛下に奏上《そうじょう》する。やれやれ、ここから立て直すのは並みの努力では追いつかぬぞ」

イーグルはこれから先の困難を思い、肩を落とすのだった。


国庫の現状について詳しく資料をまとめ、イーグルは国王に謁見《えっけん》を求める。

さんざん待たされたあと、やっと国王は会ってくれた。

「やあ爺、久しぶり。元気だったかい？」

そう言ってさわやかに笑うのは、ロスタニカ王国第十七代国王、ルイ・ロスタニカだった。勇者アルテミックの子孫で、イケメン金髪の三十代後半の国王である。

さわやかな好青年で、貴族の婦女から絶大な人気を誇っていた。

しかし、彼を前にしたイーグルの顔は渋い。

「陛下もご健勝で何より。さっそくですが、いくつか改めてほしい点があります」

口早に国庫の資金が枯渇しつつあることを告げるが、ルイは面倒くさそうに手を振る。

「国庫に関することは爺に任せるよ。僕は難しいことはよくわかんないや」

そう言いながら、明るくあははと笑う。

この王は国民からも貴族からも人気があったが、残念ながら現実を見る能力に乏しかった。

「いいや、ぜひ聞いていただきたい。まず、勇者アルテミック生誕四百年祭のことですが……」

国庫が厳しく、倹約すべきときに、華美な祭りなどで浪費すべきではない。そう苦言を呈すると……。

「だけどさ、景気が厳しいときに国がしまり屋になると、もっと景気が悪くなって下々《しもじも》の者が困るってソレイユが言っていたよ。だからさ、祭りのときくらいパーッと……」

「それは、将来の増収につながる産業の振興やインフラ整備などを通して、金が一般庶民の懐《ふところ》に入り、彼らが潤うことを見越せたときのみのこと。この支払いを見ると、金のやりとりは通産大臣ソレイユ銀爵と結託している大商人たちだけ。庶民の生活向上には関係ありません！」

国王の前に、祭りの収支表と支払先の一覧を見せて迫るイーグル。確かに大商人だけに高い金が支払われていた。

「わかったわかった。爺の思うようにすればいいさ」

ルイ国王は手をひらひらと振って、受け流した。

「……では次に、アントワネット様のギャンブルの負け分の支払いが、国庫から出ていることについてですが……」

「あ、あれはね。僕もちょっと困っているんだけど、病気みたいなもんだから……」

頭を掻いてバツが悪そうな顔をするルイ。

「……その回収は私に一任していただけますな？」

「た、頼みます」

ルイはイーグルの迫力に押され、静かに頭を下げた。

「最後に、大騎士どもへの貸し金ですが」

「それは仕方ないだろう。困っている人を見たら無私の心で救ってあげないとさ。ましてそれが僕の部下なら、王が手を差し伸べるべきことだろう？」

ルイはイーグルの目をまっすぐに見て言う。国王としての誇りがそこに表れていた。

しかし、イーグルは恐れ気もなく見返す。

「……それを陛下に奏上したのは誰ですか？」

「え、えっ？　なんのことかな？」

とたんにルイは、情けなく目を泳がせる。

「とぼけても無駄です。誰かが陛下にそう吹き込んだに違いありません」

「ふ、吹き込んだなんて人聞きの悪い。全部自分の考えだよ」

「……」

「……ま、まあ。ルドルフ大騎士にアドバイスは受けたけど。大騎士たちに無利子で金を貸して王の度量を見せることで、忠誠心が増すって言われて……」

イーグルの視線に耐えられず、ルイはついに黒幕の名を吐くのだった。

「それで国庫に負担を押し付けられ、国が滅んだら本末転倒です！　国を支えるべき大騎士が、国を危うくするとは！　このままでは廷臣や騎士、兵士などに支払う俸給すら払えなくなりますぞ！」

「お、大げさだなぁ。大丈夫だよ。いざとなったら、借りればいいし」

さすがにバツが悪くなったのか、頭を掻きながら弁解するルイ。

「誰からですかな？」

「……えっと、その。ほら、お金持ちで忠誠心が厚い貴族から」

ルイは期待するような目をイーグルに向ける。

「言っておきますが、我がシャイロック家から王家への貸し金は一千万アルにもなっています。これ以上は貸せませんな。また、私が財務大臣である間は返済の猶予を受け入れていますが、辞任したあとは全額返済していただきます」

「そ、そんな！　困るよ！　爺、僕を見捨てないでくれ！」

ルイは青くなって頭を下げる。さすがに彼に見捨てられたら国家財政が破綻してしまうということは、イーグルから言い聞かされていたのでわかっているのである。

卑屈に頭を下げ続けるルイを見て、イーグルはため息をつく。

（まったく……幼少期から厳しく教育しておるのに、未だに馬鹿お坊ちゃんのままじゃ。もう三十代にもなるのに爺と甘えてきおって……。こやつに比べたら、十二歳のリトネのほうがしっかりしておるくらいじゃ。もしかして、リトネもワシの手元で育てたら甘えてしまって、このようになっておったかもしれん。そう考えると、リトネは市井《しせい》で育てられたことが返って幸いしたのか？）

情けない王を見ているうちに、そんなことを考えてしまうイーグルだった。

「……とにかく、この三つの問題を解決しない限り、新たな予算編成などできはしません。こうなったらワシを宰相《さいしょう》に任じて、全権を委ねていただけますかな？」

「爺にお任せします」

ルイは観念して、宰相への任命書と全権代理の命令書をイーグルに与えるのだった。

† 王都

ルイ国王から全権を委任されたイーグルは、国の立て直しに奔走《ほんそう》する。

「さて……何からはじめるべきか。幸い、リトネが召喚した異世界の歴史本の中には、今の王国の現状によく似た状況の例が載っておる」

シャイロックは、領から持ってきた異世界本の翻訳版を参考に、これからの改革の方針を決めようとしていた。

「……まずは、何においても軍権を握っておる騎士たちをどうにかせねばならぬ。改革をしようとしても、力ずくで反抗してきたらおしまいじゃ」

この場合における騎士とは、ロスタニカ王家の直接の家臣のことである。

騎士は、一万麦未満の領地を持つ大騎士と、領地を持たずに国から俸給をもらって生活している騎士に分かれる。彼らは国に対してそれなりの影響力を持っていた。

特に大騎士たちの借金を国に押し付けたルドルフ大騎士は、軍隊のトップとして権力を握っている。下手に刺激したらクーデターを起こしかねなかった。

「……やむを得んな」

イーグルは、国を支える政治家として、ある人物を呼び出した。

「……シャイロック金爵。私になんの用ですかな？」

不機嫌な顔をしてやって来たのは、ゴウライ大騎士。軍隊におけるナンバースリーの地位にいる人物である。彼は昔かたぎの清廉潔白《せいれんけっぱく》とした頑固者として知られており、金貸しをしているシャイロック家を長年目の敵《かたき》にしていた。

「卿《けい》がワシを嫌っておるのは知っておる。しかし今日呼んだのは、王から国の再建を任された公人としてじゃ。話だけでも聞いてはもらえぬか？」

イーグルは王から与えられた全権代理の委任状を見せると、ゴウライは姿勢を改めた。

「うかがいましょう」

イーグルは一つうなずくと、王にも見せた国の財政に関する資料を広げた。それを読んでいるうちに、ゴウライの顔が怒りに染まっていく。

「馬鹿な！　商人、寵妃だけではなく、騎士までもが国を食いものにしようとしているなどと！」

「残念ながら事実じゃ。おかげで国庫は空《から》になっておる。このままでは破綻するしかない」

イーグルの話を聞いて、ゴウライの顔が強張《こわば》った。

「ワシは王に依頼され、宰相の座に就くことが決まった。貴殿にはその就任のパーティで、あることに協力してほしい。これは真に国を思う貴殿にしか頼めぬのじゃ」

「……陛下はこのことを？」

「知らぬ。知らせておらぬ。あの馬鹿王は反対するじゃろうからな」

イーグルは堂々と自分の主を罵《ののし》った。ゴウライはそれに怒りを覚えたが、我慢して聞いていた。

「これも国の忠臣としての務めじゃ。王にすら異議は唱えさせぬ」

イーグルの顔には、なんとしてでもこの傾きかけた王国を立て直そうとする決意が感じられた。

「一つお聞きしたいのですが、なぜ貴殿は国に尽くされるのか？」

イーグルをじっとにらみながら、ゴウライは聞く。

「単純な話じゃ。ロスタニカ王国が破綻したら、貸している一千万アルが返ってこないからじゃ」

イーグルはにやりと笑って言い放った。

「……なるほど。下賤な金貸しらしい考えですな」

「だが、国を立て直そうと思う心は本当じゃ。なにせ自分のためじゃからな」

「……」

それを聞いてゴウライはじっと考え込む。しばらくして顔を上げて、イーグルを見た。

「綺麗事を言いながら国を食い物にするシロアリどもよりは、私利私欲で国を立て直そうとする因《いん》業爺《ごうじじい》のほうがまだマシだ。協力しましょう」

「さすがゴウライ殿じゃ。ならば、当日はお頼み申す」

イーグルが手を差し伸べると、ゴウライは嫌々ながらもその手を握るのだった。

† 王家の後宮《こうきゅう》

ルイ十七世の寵妃、アントワネット銅爵夫人が、近侍《きんじ》の少女に命令していた。

「マリア、このお菓子を実家のセイジツ金爵家に届けてほしいの」

きれいな箱に入ったショコラを差し出す。

「うわっ。きれいですね、まるで宝石箱みたい。それに、おいしそう」

マリアと呼ばれたまだ十二歳くらいの可愛らしい娘は、思わず唾をごくっと呑み込む。

それを見て、アントワネットは苦笑した。

「だめよ。これはアベルへのプレゼントなんだからね」

アントワネットは離れて暮らす自分の息子のために、わざわざ手作りでお菓子を作ったのだった。

「はぁーい」

受け取った近侍の少女マリアは、セイジツ金爵家の屋敷まで走っていく。

「アベル様にお届けものですよ。アントワネット様からです」

「はい、どうぞ」

いつものことなので、マリアはフリーパスでセイジツ金爵家に入れた。

彼女を迎えたのは、輝くような金髪を長く伸ばした美しい少年。なぜか前髪が長く、目が隠れている。彼は中庭で剣を振っていた。

その隣には、緑の巻き毛をした優しそうな美少女がいた。

「マリア、いつもありがとう。ちょうどカエデ姉も遊びに来ていたんだ。お茶にしようか」

「いいわねえ」

カエデと呼ばれた十五歳くらいの少女も笑って席につく。

アベルが箱を受け取って開けると、その中にはおいしそうなショコラと手紙が入っている。


我が息子アベルへ。

いつも不自由をさせて申し訳なく思っていますが、もう少しの辛抱です。

シャイロック金爵などの一部の頑固な貴族たちは反対していますが、いずれ私は正式な王妃になるでしょう。

そうしたらあなたは晴れて、日の当たる場所に出てこられる。

その日まで、強く生きていてください。

手紙からは、母アントワネットからの深い愛情が感じられた。

（お母様……僕はがんばっています。いつかきっと、母様と一緒に暮らせる日が来ると信じて、ひたすら修行に打ち込んでいます。いずれ僕は勇者アルテミックのように世界を救うでしょう。そうなったら……僕が新たな勇者として王の信認を受けるようになって……僕を認めなかった奴らを皆殺しにしてやる）

菓子箱を持ったまま、危ない妄想をするアベル。

彼は、母アントワネットが産んだ隠し子。父親が誰か知らなかった。そのため母の実家セイジツ金爵家で、ひそかに養われているのであった。

叔父であるセイジツ金爵は父親代わりとして彼を育ててくれたが、アベルは日陰者扱いで姓も名乗れない。正式な身分も決まっていない中途半端な立場である。

美しくてプライドも高く、そして頭も良い彼は、現状の身分が耐えられなかった。

（いつか勇者になってやる。そうすれば……）

手に力が入りすぎてしまい、菓子箱がメキっと音を立ててつぶれる。

「アベル様！　もったいないですよ！」

「そうよアベルちゃん」

マリアとカエデからたしなめられて、アベルははっとなる。

「はっ。す、すまない」

「もう……アベル様は力持ちなんですから、気をつけてくださいね」

そう言って明るく笑うマリア。彼女は母親とのパイプ役であり、アベルの幼馴染である。

「さあ、お茶にしましょう」

メイドが運んできたお茶を、カエデがテーブルに並べる。

彼女は隣のソレイユ銀爵家の娘で、昔からアベルの面倒をよく見ていた。アベルにとっては姉同然の存在である。この二人だけが、アベルにとっては母親以外に心を許せる人間だった。

二人の美少女の間にアベルが座ると、お茶会が始まった。

「はい。あーん」

「こっちも、あーん」

まるで恋人のように二人に尽くされるアベル。しかし、彼らの幸せな時間を壊す魔の手はすぐ側に迫っているのだった。

◇◆◇◆◇

数日後、イーグルの宰相就任のパーティが開かれる。

国王も出席するパーティなので、国の重要人物はほとんど来ていた。

あちこちで派閥ごとに固まって、会話を弾ませている。

「くふふ。ソレイユ大臣様のおかげで、祭りでは大儲けできました」

「来年も何か口実をつけて、盛大な祭りをしましょう。そうだ、第三代国王生誕三百年祭とか」

パーティでは、通産大臣ソレイユ銀爵とその取り巻きの大商人たちが楽しそうに会話をしていた。

「アントワネット様、またカジノに行きましょう」

「その服は美しいですわね。どちらで仕立てられましたの？」

会場の中央では、きらびやかに着飾った貴婦人たちが会話をしている。その中心にいる背の高い女が、王の寵妃アントワネットである。彼女は一代限りとはいえ銅爵位を与えられており、王の寵愛もあって後宮では権力を握っていた。

彼女たちの会話は、主にギャンブルやファッション、そして不倫などのゴシップである。

「ルドルフ大騎士様の言うとおりにしたら、商人から高い金利を取られていた借金が、国に無利息無期限で借り換えできて助かりました」

パーティの奥のほうでは筋骨たくましい男が、軍服を着た騎士たちに囲まれて感謝されている。

騎士たちは自分の作った借金がなくなり、心底ほっとしていた。

「しかし、本当に国に借金を押し付けてしまって、大丈夫なのでしょうか……」

ターバンを巻いた小心者そうな騎士が不安を漏らすと、ルドルフは豪快に肩を叩いて安心させる。

「アッシリア大騎士よ、大丈夫だ。王は器の大きいお方だ。たかが金のことで細かいことは言わん」

「ですが……」

「我ら騎士は国の要《かなめ》。受けた恩は武勲で返せばよいのだ。わははは」

豪快に笑うルドルフに、騎士たちも追従《ついしょう》するように笑みを浮かべた。

この世の春を謳歌《おうか》する彼らだったが、しばらくして様子が変わる。壇上に新たに宰相となるイーグル・シャイロックが立ったからである。

「皆の者、よくぞパーティに参加してくれた。このシャイロック、心から感謝しよう」

壇上で傲慢《ごうまん》に言い放つイーグルに対して、拍手がパラパラと湧き上がるが、ほとんどの者は憎しみの視線を向けている。

彼らにとって、うるさく口を出してくる彼は目の上のたんこぶそのものであった。

そんな視線を無視し、イーグルは壇上で演説を始める。

「今日集まってくれた者たちは、国家に対して重要な責務を担う立場にいるものばかりだ。だから、これからも国に協力してほしい」

イーグルが頭を下げると、彼らの表情も少し和らいだ。

ようやく自分たちの立場を尊重してくれるようになったと思ったのである。

「ふむ。金貸し爺も少しは現実というものがわかったのですかな？」

ソレイユ銀爵が皮肉そうに言う。

「うふふ。陛下のお側にお仕えして、その心身をお慰め申し上げる私たちこそがもっとも国に貢献しているのですわ」

アントワネットは香料がたっぷり振りかけられている扇子《せんす》を口に当てて、あでやかに笑った。

「いやいや、こちらこそお願い申し上げる。我々は国のためなら、いつでも命を差し出す覚悟を持つ忠臣です。今までの確執を捨て、今後は協力しましょう」

にこやかに笑うルドルフ大騎士。

イーグルはにやっと笑い、それぞれの有力者に声をかける。

「アントワネット様はどうでしょうか？　協力していただけるのですかな？」

「え？　協力？　ええ、私ができることであれば……」

いきなり問いかけられて戸惑ったが、とりあえず適当に返事をするアントワネット。

「ソレイユ卿はいかがですかな？」

「もちろんですとも！　これからはもっと国の権威を高めるために儀式を増やして……」

イーグルにギロリとにらみつけられ、慌ててソレイユは口を閉じた。

三人の言質《げんち》を取った上で、イーグルは命令を下す。

「では、さっそく協力していただこう」

イーグルが合図すると、何十人もの騎士たちが乱入してきて、彼らを拘束した。

「これは、どういうことだ！」

騎士たちの中に、自分の部下であるゴウライを見つけたルドルフは、怒鳴り声を上げる。

しかし、ゴウライは無表情で告げた。

「あなた方に確認したいことがあるので、宰相閣下の許可を得て拘束させていただきました。これも国を思う心の表れ。ご理解いただきたい」

「馬鹿な！　我らがなんの罪を犯したというのだ！」

ソレイユ銀爵が声を嗄《か》らしてがなり立てる。彼の取り巻きの商人はすっかり怯えて、部屋の隅でぶるぶると震えていた。

「……それを調べさせていただく。あなたの屋敷には、別働隊が向かっています。やましいことがなければ、彼らが身の潔白を証明してくれるだろう」

それを聞いて、ソレイユは青くなる。大量に水増しした経費の証拠書類が屋敷にあるからであった。

「……私はどうなるのです？」

アントワネットがイーグルをにらむ。

「あなたには少々お話をさせていただきます。ギャンブルの負け分の返済方法と、今後の後宮の費用についてもね。騎士たちよ。彼女たちを丁重に後宮に送り届けよ」

イーグルの命令に従って、騎士たちが貴婦人を連行していく。

アントワネットは悔しそうな顔をして退出していった。

「さて……ルドルフ大騎士」

「なんだ？　ワシらは別に法に触れることはしておらんぞ」

イーグルの前で、ルドルフは轟然《ごうぜん》と胸を張る。借用書は、あるとき払いの催促なし、無利子というひどい内容だったが、違法ではなかった。

「確かに、法には触れてませんな」

「そうであろう」

勝ち誇った顔をするルドルフだったが、イーグルの次の言葉で真っ青になる。

「ですが、国に借金の肩代わりをしてもらうほど困窮するということは、領地の経営がうまくいっていないということ。もともとあなた方の領地は国から下賜《かし》され、統治を任されているにすぎません。無能であるということは、領地を取り上げる立派な理由になりますな」

「ま、まさか！」

イーグルの思惑を悟って、ルドルフは愕然《がくぜん》とする。

「この借用証書を書いた者は、経営に失敗したとして領地を没収する。逆らうようであれば、反乱罪を適応して一族全員死刑とする」

イーグルの冷たい言葉に、いい気になっていた騎士たちは震え上がる。

「ま、待ってください！　そんなつもりはなかったのです！」

「先祖代々受け継いだ領地を失うのは耐えられません！　撤回させてください！」

慌ててイーグルの足元にすがり付くが、冷たく払われる。

「断る。どうせ国庫から引き出した金はもう返済に使うか浪費でなくなっておるのだろう」

「そ、それは！」

言い当てられて、騎士たちは口ごもった。

「……領地を召し上げられた大騎士たちよ。今後は最低ランクの騎士からやり直すがよい」

イーグルの言葉にがっくりとうなだれる騎士たちは、肩を落としてパーティ会場をあとにする。

「ルドルフ大騎士は宰相の職権を持ちまして、大将軍の任を解きます。後任はゴウライ大騎士を任命します。ゴウライ大騎士には速やかに軍の掌握にかかるようにお願いします」

「……承知しました」

ゴウライは元上司であるルドルフからにらみつけられても、平然としている。

固まっているルイ十七世に一礼すると、軍務省へと騎士を率いて向かった。

「あ、あの、爺……これはちょっとやりすぎじゃ……」

ルイはモゴモゴと抗議するが、イーグルの鋭い眼光を受けて沈黙した。

「少々強引ではありますが、こうでもしない限り問題は解決しなかったでしょう。侍従長、陛下はお疲れだ。お部屋にお送りするがよい」

「は、はい」

すっかり怯えている侍従長が、ルイを連れていく。

こうして、国を食い物にする三種のシロアリの駆除に成功するのだった。

◇　◆　◇　◆　◇

その後、さらにシャイロックは宰相として強権を振るい、傾きかけた王国を精一杯支え続けた。

賄賂《わいろ》を取っていたソレイユは全財産没収の上、収監。今後の祭典や儀式にかかる費用は大幅に減らされることとなった。もちろん取り巻きの商人たちにも多額の罰金を科せられ、彼らは大損をすることになった。

アントワネットは後宮に幽閉され、持っている宝石やドレスをすべて取り上げられて借金の返済にあてられた。それだけに留まらず、後宮のかなりの財宝が没収され、予算も三分の一に削られた。

没収されたドレスや宝石は、オークションにかけられ、売却代金はすべて国庫に編入される。

ルドルフ以下自分の借金を国に押し付けようとした大騎士たちは、領地を没収された上、監視のために王都付きの俸禄《ほうろく》騎士となり、多くは没落した。

大騎士たちの領地は国に編入され、一部は富裕な貴族に売却されることになる。

後世、「鋼金宰相シャイロックの大鉈《おおなた》」と言われるこの改革のおかげで、ロスタニカ王国は一時的に持ち直した。

しかし、財産を没収されてしまったせいで困窮した貴族や大商人たち、後宮費の削減のためリストラされた使用人たち、領地を失った大騎士たちの恨みを買うのだった。

その中に、今後、世界に重要な影響を及ぼすことになる少女たちがいた。

「お父様を捕まえたシャイロック家が憎い。なんで私がこんな目に……」

緑色の巻き毛をした優しげな少女がハンカチを噛み締める。

「アントワネット様……かわいそう。アベル様にも、もう会えない」

金髪おかっぱ頭の少女は、ベッドに伏して涙を流す。

「くそっ！　あいつら卑しい金貸しだけはゆるさねえ！　あたいの親父の騎士の誇りを汚しやがって！」

赤毛のポニーテールの背の高い少女は、腹立ち紛れに拳を木に打ちつける。メキメキという音がして、太い木が倒れた。

三人の少女の憎悪は、いずれ出会う少年に向けられるのだった。

† シャイロック家

赤ちゃん竜であるミルキーに用意された部屋で、二人の少女と一匹の竜が遊んでいた。

「さ、お母さんが来るまでねんねをしましょうね～」

「きゅい！」

優しく抱っこするリンの腕の中で、ミルキーは満足そうに鳴く。

次第に眠そうに目を閉じるミルキーだったが、それを横で邪魔する少女がいた。

「……リンばかり、ずるい！　私も抱っこする」

リンの腕から強引に取り上げて、愛しそうに頬ずりする少女は、シャイロック家の家宰《かさい》ゴールドの娘にして、一応リトネの婚約者であるナディ・シャイロックである。

彼女はミルキー目当てに、よくシャイロック家の館に遊びに来るようになっていた。

「ぐるるるるー」

眠りを邪魔されて、ミルキーが不機嫌なうなり声を出す。

「ナディ様、そんな乱暴に扱ったらだめですよ。優しく持って、ゆっくりと揺らしてあげるんです」

「こ、こうかな？」

リンに教えられたとおりに、ゆっくりと体を揺らしてミルキーをあやすナディ。

「くるくるくる……」

最初はうなっていたミルキーだったが、次第に眠くなったのか、目を閉じて寝息を漏らし始めた。

「かわいい……」

二人の少女は顔を覗き込んでにっこりと笑う。実にほのぼのとした光景だった。

ナディはミルキーを通じてリンと仲良くなり、今では親友である。

しかし、相変わらずリトネとの仲は進展せず、彼の顔を見るとプイッと顔を背けて逃げ出していた。

そのときドアが開いて、胸元が大きく開かれた服を着た色っぽい美人が入ってくる。

「愛しい私の赤ちゃん。来たぞ！　さあ、おっぱいをやろう」

「マザー様、ミルキーは眠っちゃいましたよ」

リンに言われて、ナディの腕の中で眠っているミルキーを見るマザー。

竜の赤ちゃんは幸せそうに目を閉じていた。

「ううむ……仕方ない。起きるまで待つか」

「マザー様、その前におっぱいをしまってください。恥ずかしいですよ」

リンがピシャリと言うと、彼女はばつが悪そうな顔をした。

「い、いや。一刻も早く我が子に乳をあげたくてな……」

言い訳しながらおっぱいをしまうマザー。彼女はなぜか全身レザーファッションのきわどい服を着ていた。

「それにしても、どうしてそんな服を着ているんですか？」

リンが彼女の格好を見て首をかしげる。

「うむ。リトネの奴が異世界から取り寄せている服があるであろう？　興味があってそれを見ていたら、この服を発見したのだ。リトネは似合っていると言っておったぞ」

実に気に入ったようにマザーは笑う。確かに背の高いマザーにはよく似合っていた。

「さて、我が子が起きるまであやつを鍛えてやるか。リトネは何をしておる？」

「ゴールド様と執務室でお仕事ですよ。お兄ちゃんって、本当にがんばっていますよね」

リンは誇らしげに答える。

「うむ。真面目じゃのう。小僧のくせに忙しい奴じゃ」

マザーはリトネのいないところでは、こうやって褒めている。なんだかんだと彼のことを認めていた。

「マザー様……あんな男と仲がよろしいのですか？」

黙って聞いていたナディがぽつりと漏らす。彼女は伝説の存在であるマザードラゴンを尊敬していたが、リトネを弟子と認めているのが気に入らない様子だった。

「まあ、あんな小僧でもミルキーの父でワラワの弟子じゃからな。それに、よく修行にもついてきておるぞ。人間にしては根性だけはあるな。いずれアルテミックの跡を継いで、伝説の勇者になれるかもしれん」

まんざらでもない様子でマザーは笑う。

「伝説の勇者に……？　あんな男が？」

それを聞いて、ますますナディは嫉妬《しっと》した。

「マザー様、私にも魔法を教えてください。ミルキーちゃんを守りたいんです」

ナディはこのままではミルキーを取られてしまうと、焦ってそう申し出てくる。

「うむ。そなたのミルキーに対する愛情は本物じゃ。暇つぶしに教えてやろう」

そう言ってマザーはナディにも魔法の指導をするのだった。


午後になって起き出したミルキーに授乳したあと、マザーは執務室から出てきたリトネを捕まえる。

そのまま、騎士たちが訓練している中庭まで引きずってきた。

「マザー様！　ご機嫌うるわしゅう！」

「お坊ちゃま、今日も死なないでくださいよ！」

騎士たちから声をかけられながら、二人は開けた場所まで来た。

あたりには何十個もクレーターができている。

「昨日は地上三十メートルに耐えたから、今日は四十メートルにしようかのぅ」

不気味に笑うマザーに対して、リトネは無駄と知りながら抵抗を試みる。

「も、もう高いところから落ちる修行は十分なのでは？　一応、雲亢竜拳はマスターしましたし！」

そう主張するリトネに、マザーは呆れた目を向ける。

「何がマスターじゃ。まだ雲亢竜拳をほんのちょっと齧《かじ》った程度にすぎん。貴様が身につけたのは、第一段階の『剛竜拳《ごうりゅうけん》』じゃ」

「ふぇっ！」

死に物狂いで身につけた技が、初歩にすぎなかったと知って、リトネはショックを受ける。

「で、でも、落下ばかりしてたら、いざというとき困りますよ。対人とか対魔物の戦闘訓練も！

そ、そうだ。今日は騎士たちから戦闘を学びたいと思います」

必死に言い訳するリトネの頭をマザーはむんずとつかむ。

「何を馬鹿なことを。弱い相手と戦ってなんとする。そんな無駄なことをするより、最大最強の相手に稽古をつけてもらえ」

そう言いながら、どんどん高く飛んでいく。

「さ、最強の相手って？」

「それはもちろん、この大地そのものじゃ。大地に比べたら、魔王も神も小さきもの。そんな存在がぶつかり稽古をつけてくれるのじゃ！　光栄に思うがいぃ！」

そう言うと、地上四十メートルの高さから、勢いをつけてリトネを放り投げる。

「ひぃぃぃぃぃ！　地面と喧嘩しても勝てるわけない！　こんなぶつかり稽古は嫌だぁぁぁぁ！」

こうして勢いよく地面に激突するリトネ。

中庭にもう一つクレーターが増えるのだった。

† 夜

空に、青い月が浮かんでいる。今日は、月に数日の魔物が活発化する蒼月夜である。

魔皇妃カイザーリンは、とあるルートからリトネの情報を得ていた。

「なに？　リトネが修行をしているだと？」

「はい。お坊ちゃまはがんばっていますよ～」

赤い目をした背の高いメイドは、カイザーリンに語る。

「そんなことは夫の予言にはなかったが……」

「いいんじゃないですか？　お坊ちゃまが私たちの敵になるとは思えませんし」

あっけらかんと言う赤い目のメイド。

「いや、まずい……計算外だ。そもそもリトネがマザードラゴンの加護を得てしまうこと自体おかしいのだ。もしかしたら、奴が勇者になってしまうかもしれん」

本来は弱いままであるはずのリトネ。それにもかかわらず急激な成長を見せている。カイザーリンは警戒すべきだと感じていた。

しかし、メイドは明るく笑ってその危惧を否定する。

「大丈夫ですよ。お坊ちゃまは我々魔族の脅威にはならないと思います」

「なぜだ……あっ、なるほど」

　あることを思いついて、カイザーリンは急に納得する。しかし、一言懸念を言う。

「だが、予想もしないイレギュラーな存在になるかもしれん」

「そもそも勇者になったらなったで、候補者が増えるんだからいいことでは？　大丈夫ですよ。私が監視していますから。お任せください」

　メイドは明るく自分の胸を叩いた。

「まあ、一理あるな。よかろう。お前を信頼して任せる。とはいえ、私が目覚めていられるのは、魔皇帝様が復活するまでは蒼月夜だけ……なんとももどかしいな」

　封印されていて、自由に動けない我が身を嘆く。

「でも、彼には不思議な何かがありそうなんですよね。実は、こんな話を聞きました」

　メイドはリトネがナディに語った忠告を伝える。

「面白いな。なら、あえてその危機とやらを引き起こしてやるか。リトネが勇者になる可能性があるのなら、魔公を予定より早く目覚めさせて、実戦を経験させることで力をつけさせてやろう」

　そうつぶやくと、カイザーリンは北のリリパット銅爵領に向かう。


　空を飛んで数時間で、カイザーリンは目的地に着いた。

「……相変わらず、穴だらけの土地だな」

空中から地面を見下ろして、カイザーリンはつぶやく。

ここは四百年前、魔族と人間の大戦争が起きたとき、争いを嫌った種族が多数のダンジョンを作り上げた場所である。

その中に、ぽつんと一つだけ光が灯っていた。多くの人間が住む、領都シェルターである。

中央の広場には、地下奥深く作られたリリパット銅爵家の館への入り口があった。

カイザーリンはその近くに降り立つと、懐から黄色い宝石を出して置いた。

「我が同胞、六魔公の一人、土のツチグーモよ。我が祈りに応え、目覚めるのだ」

地面に手をつけて、しばらく念じる。

すると、地面の一部が盛り上がり、黄色い宝石を核として巨大な蜘蛛になった。

「シュュュュアアアアアア」

蜘蛛は糸を吐いて、カイザーリンを絡めとろうとする。

「おっと。目覚めたばかりだというのに、元気がいいな」

空中に飛び上がって苦笑するカイザーリン。

「ほら、貴様の倒すべき相手はあっちだ。間違えるな」

カイザーリンは近くの入り口を指し示すと、巨大な蜘蛛はその穴に入っていった。

† リリパット銅爵領都シェルター

領都シェルターには、多くの冒険者たちが集まっていた。

「どうだ。見ろよ。いい素材だろ？　クリスタルゴーレムから採れたんだ」

都の中央にあるギルドでは、魔物の素材の買い取りもしている。

「鑑定……うん。一アルになります」

中学生ぐらいに見えるギルドの受付嬢は、無情に告げた。

「おいおい、それっぽっちじゃ……」

「これはクリスタルじゃありません。窓などの原料になるガラスですね」

「ばれたか……」

頭を掻いて引き下がる冒険者。こんな光景が町中で見られた。

ここは小人族《リリパット》が治める領である。

道行く人も子供のような姿をしている者が多かった。

近くに鉱山があるので鍛冶《かじ》業が盛んな町としても知られている。あちこちには鍛冶屋が見られ、威勢のいい槌音《つちおと》が響き渡っていた。

冒険者たちはこの町を拠点に周囲のダンジョンに挑み、そこに生息する魔物の素材や鉱石を持ち帰って生計を立てている。町は多くの人々で賑わっていた。

そんな町の中心部近くにある繁華街に、冒険者ギルドがある。

そこに設けられた情報交換のための酒場で、一つのパーティがくだを巻いていた。

「……なんか、いい依頼がないのかしら？」

酒を飲みながら、色っぽい格好をしたエルフの美女がつぶやく。

彼女は「白姫ノルン」と呼ばれる、Aランクの冒険者だった。

「仕方ない。このところ平和だからな」

筋肉ムキムキのドワーフがむすっと答える。

「もうダンジョンに潜るのも飽きちゃったよねー。全部制覇しちゃったし」

赤い頭巾をしたリリパットの少女が、巨大なペンチをもてあそびながらあくびをする。

「退屈なら……俺といいことしないか？」

金髪のイケメン剣士がいやらしくノルンの手を握るが、ペチンとその手を払われた。

「残念でした。私は人妻なの。おととい来なさい。ぼうや」

余裕たっぷりにいなされて、イケメン剣士は落ち込んだ顔をする。

彼らこそ、この世界で一、二を争う冒険者チーム「白姫」である。

ドワーフの戦士、人間の剣士、リリパットのメカマンとエルフの魔術師という奇妙な集団だったが、多くのダンジョンを制覇してAランクまで到達していた。

「人妻かぁ、ねえねえ、ノルンさんの家族ってどんなの？」

赤頭巾の少女、リトルレットが聞く。

「うふふ。秘密よ。でも、娘がいるわ。あなたと同じような年頃……失礼、あなたリリパットで二十オーバーだったわね」

「年のことは言うな！」

気にしていることを指摘されて、リトルレットがプンスカと怒る。

「どうでもいいが、どうして俺たちここに留まってるんだ？」

二人の争いを遮り、ドワーフの戦士が不機嫌そうに言う。彼は別の土地に移動しようと常日頃提案していた。

「もうちょっと待ってよ。もしかしたら、面白いことが起こるかもしれないし」

ノルンは荷物から手紙を取り出すと、くすくすと笑いながら広げた。ドワーフが問う。

「それはなんだ？」

「娘から来た手紙。私たち、これから大冒険ができるかもしれないわよ？」

何か企んでいるかような笑みを浮かべながら、ノルンは目をキラキラと輝かせるのだった。

そのとき、白髪のリリパットがギルドに飛び込んできた。

「た、大変だ!!　助けてくれ！」

突然の出来事に、あたりは騒然となる。見覚えのある人物だったので、リトルレットが声をかける。

「あれ？　爺じゃん。どうしたの？」

「リトルお嬢様!!　こ、ここにいたんですね！　助けてくだされーーーー！」

そう叫びながら興奮してすがり付いてくるので、困ってしまうリトルレット。

「お、落ち着きなよ、爺。何があったのか、ちゃんと話して！」

そのリリパット族の男を落ち着かせるために、彼らは部屋を用意することにした。そして詳しく話を聞く。

「え、魔動エレベーターが動かなくなった？」

白髪のリリパットからそう聞いて、リトルレットは目を丸くする。

「そ、そうでございます。お嬢様もご存知のように、我々リリパット銅爵家の本城はダンジョンの最下層にあります。地上とは、四百年前に作られた魔動エレベーターでつながっているのですが、その間にある封印されたコウジョウエリアに魔物が入り込み、強靭《きょうじん》な糸でエレベーターシャフトをふさいでしまったのです！」

爺は、水を飲むと一気に説明した。

「そんな！　それじゃ、父様たちも閉じ込められてるの？」

「ええ、地上に出ていたのは、我々家臣とあなた様のみ。他のリリパット銅爵家の方々は、最下層

ませんのキョジュウエリアに閉じ込められたまま。こうしている間にも、魔物に襲われてしまうかもしれ
ません」

リトルレットは立ち上がる。

「すぐに助けに行くよ！」

慌てて走り出そうとする彼女を、ノルンは引き止めた。

「まあ、待ちなさい。おそらくその魔物は強いわ。返り討ちに遭うかもしれない」

「でも！」

泣きそうな顔になるリトルレットを抱きしめて、ノルンは笑う。

「大丈夫よ。準備してから行きましょう。ふふふ……これを待っていたのよ……」

ノルンの顔には、新たな冒険への期待が表れていた。

† 数日後

「白姫」パーティがダンジョンに挑んでから数日後、シャイロック金爵家に、リリパット銅爵家から使者が訪れた。

領主代行のリトネの前にいるのは、中学生くらいの女の子である。可愛らしい顔立ちで、赤い頭

巾をかぶっている。彼女の顔は暗く沈んでいた。

「お初にお目にかかります。私はリリパット銅爵家三女、リトルレット・リリパットと申します。突然の訪問にもかかわらずお時間をとっていただき、感謝しています」

リトルレットは震えながらお辞儀をする。彼女の服はボロボロに破れ、何かの液体で汚れていた。とても正式な使者とは思えない。

事実、シャイロック金爵家の屋敷の前でウロウロしていたところを不審者に間違えられて連行されてきたのである。

「どうぞ、おかけになってください。温かいお茶を頼むよ」

リトネはリトルレットに椅子に座るように勧めると、側に控えていたリンに給仕を頼んだ。しかしリトルレットは、一秒でも惜しいという風に給仕を断り、口早に告げた。

「リトネ様にお聞きしたいのですが、この手紙はあなたが書いたのですか？」

そして懐からしわくちゃの手紙を取り出す。

「ええ、確かに私がノルン様に警告したものですが……」

リトネがそう言うと、リトルレットは弾かれたように椅子から立ち上がり、どこからか巨大なカッターを取り出してリトネに突きつけた。

「どうして、こんなことが起こるってわかってたんだ！　君があの化け物をけしかけて我が家を襲わせたんでしょ！　君のせいでノルンたちは捕まって……ありとあらゆる対毒ポーション、一瞬で全回復できるエリクサーまで用意していたのに助かったのは、ボク一人で……」

まくし立てながら、やがてリトルレットは泣き出してしまった。しかし、リトネは落ち着いて答える。

「……そんなことをして、私になんの利益がありますか？」

「そ、それは……ボクの家の領地を奪おうとして……」

「仮にそうだとしても、ならばなぜ、わざわざ警告をするのでしょう？」

「そ、それは……くっ」

言い返したかったが、言葉に詰まるリトルレット。

リトネがため息をついて告げる。

「白姫ノルンは、我が婚約者ナディの母親。だから未来における危機を警告したまで。ですが、正直私も驚いています。まさかこんなに早く魔族の活動が始まるとは……このイベントはもっとあとに起こると思っていたのに」

「イベントだって！　君はいったい何を知っているんだ？」

再びリトルレットは激昂《げっこう》する。

リトネは、彼女を落ち着かせるように、ゆっくりと告白した。

「信じてもらえるかどうかわかりませんが、私は女神ベルダンティーから予言と使命を受けた者です」

そうしてリトネは自分が知っていることをすべて話した。

「……これから魔皇帝ダークカイザーと六魔公が復活して、世界中で暴れるって？　そんなこと起きるわけないじゃん。魔族との戦いなんて勇者アルテミックが生きていた大昔の話だよ？」

信じられず、疑いの目を向けるリトルレット。

しかし、リトネはかまわずに話し続ける。

「女神の予言では、六魔公ツチグーモは最後に現れる最強の魔公。勇者はあなたと協力して打ち倒し、守護石『土の珠《たま》』を手に入れます。そして伝説の船『ペガサスウィング』を復活させて……」

「もういいから！　そんなホラ話！　ボクを馬鹿にしているの!?」

ついにリトルレットは怒り、話の途中で席を立った。

「待ちなさい。どこに行く気ですか？」

リトネが止めるが、リトルレットはふんっと顔を背ける。

「ここに来れば何かわかると思ったけど、時間の無駄だったよ。ボクは一人でもみんなを助けてみせる。さようなら、嘘つきのお坊ちゃん！」

そのまま走って館を出ていってしまう。

一人残されたリトネは、ソファに座ってため息をついた。

「そりゃ、こんな話は誰も信じないよなぁ。この世界はゲームじゃないんだ。リアルに起こっている危機をゲームのイベント扱いされたら怒りたくもなるか。ああ、またヒロインから嫌われた……」

リトネはそう独り言を言って落ち込む。リトルレットは原作に出てくるヒロインの一人なのである。

「なんとか助けてあげたいんだけど。そうすれば、仲良くなれるかもしれないし」

そうは思うが、リトネにだってどうすればいいかわからない。

そのときドアが開いて、ナディが入ってくる。

「……お母様が魔物に捕らえられたって、本当？」

今にも泣き出しそうな顔をして、リトネに迫ってきた。

「聞いていたのか。ああ、残念ながら本当だよ」

リトネがそう言うと、ナディは沈黙する。

「……あなたの言ったとおりになった。信じなくてごめんなさい」

頭を下げて謝るナディ。リトネは優しく受け入れる。

「……いや、いいよ。所詮予言なんてものは、事が起こるまでは誰にも信じられなくて当然なんだ」

「今ならあなたが言ったことを信じられる。それで、どうすればいいの？　勇者様に助けを求めれば、お母様は助かるんでしょ？　どこにいるの？」

すがり付いて必死に聞いてくるが、リトネはゆっくりと首を横に振った。

「残念だけど、今の時点では勇者はただの一般人だよ。仮に勇者に頼ったとしても、ツチグーモにはかなわないだろう」

「そんな！　それじゃあ、どうすれば……お願い、助けて！　そ、そうだ、あなたはマザー様に修行をつけてもらっているんでしょう、あなたがなんとかしてよ！」

ナディの訴えにリトネはじっと考え込む。そしてしばらくすると、何かを決心したようにナディの頭にポンと手を乗せた。

「わかったよ。ここで見捨てたら、攻略する予定のヒロイン二人から嫌われたままだしな。しょうがない、僕が行こうか。イヤだけど」

本当に嫌そうに言うリトネを見て、ナディは複雑な顔をした。

「助けてくれるなら勿体《もったい》つけないで。それに私たちを勝手に攻略しないで。そういう打算的なところが大嫌いなの。嘘でもいいから、困っている人を見捨てられないから、とか勇者みたいなこと言ってよ！　かっこよくない！」

「残念だけど、僕は勇者じゃないんでね。ふっふっふ……可愛いヒロインに恩を売るために、勇気を奮い起こして魔公と戦うんだ。だから、もし僕がお母さんを助けたら、感謝して惚れなさい」

おどけた様子でリトネはぬけぬけと言う。

「馬鹿！」

ナディに思いっきりひっぱたかれるリトネだった。

念のため治療魔法を使えるリンを連れて、馬車を用意しておく。

ナディとリンの二人を待たせておいて、リトネはミルキーの部屋に向かった。

「さて……魔公ツチグーモと戦うのに、絶対に必要なアイテムがあるんだよな。気が重い」

そう愚痴をこぼしながら、ミルキーの部屋に入ると――。

そこでは、マザーがミルキーに授乳させている真っ最中だった。

「馬鹿者！　ノックぐらいするがよい！」

「し、失礼しました！」

マザーに怒られて、慌てて部屋を出るリトネ。

「……もういいぞ。それで、なんの用じゃ？」

さっそくリトネはツチグーモの毒について、マザーに尋ねてみた。

「師匠は、エリクサーも効かない毒の解毒に心当たりがありませんか？」

「あるぞ。そういうのは一種の呪いに近いから、たとえ最高級の治療薬といえども無力じゃ。それに対抗するには、伝説級の薬を飲むしかあるまい」

「えっと……それはなんですか？」

すると、マザーはその豊かな胸を突き出して、堂々と言い放った。

「……竜王母である、私の乳しかあるまいなぁ」

（キチクゲームじゃ、勇者がマザーと会って手に入れる液体ってところまでは記憶していたが、よりによって乳かよ！　どうすりゃいいんだ！）

　絶句してしまうリトネ。

「それでどうする？　まさか、ワラワの乳をよこせとでも言うのじゃなかろうな」

　胸の前で腕を組み、仁王立ちしながらニヤニヤするマザー。その男前な姿には気後れするが、もはやあとには引けない。

「……師匠。ぜひそのお乳を搾らせてください」

「いいだろう。一撃当てたらな」

　こうして部屋の中で、壮絶な戦いが繰り広げられるのだった。


「……お待たせ」

　馬車でナディとリンが長いこと待っていると、ボロボロになったリトネが戻ってきた。

　顔にはあざができ、右手は三角巾で吊っている。左足は折れて松葉杖をついていた。

「え？　お兄ちゃん、大丈夫？」

　心配したリンが駆け寄ってすぐに治療魔法をかける。一方ナディは、冷たい視線を向けてきた。

「……何していたの？　まだ魔物と戦ってもいないのにそんな怪我をして」

「……これを師匠にもらってきたんだよ」

　そう言ってリトネはペットボトルを取り出す。中には白い液体が半分ほど入っていた。不思議そうに見つめるナディ。

「これは？」

「ツチグーモの毒を無効化する薬。死ぬ思いをしてもらってきたんだ」

さっそくリトネは一滴だけ飲んだ。効果はすぐ表れ、体の痛みが少し軽くなった。

「さ、リン飲んで、あとナディも」

ひとまずリンに渡す。

「わぁ、すっごくおいしいミルク。ごくごく」

おいしそうにのどを鳴らすリン。続いてペットボトルはナディに手渡される。

「……そうなの？　あ、おいしい。くぴくぴ」

ナディもうれしそうに飲んだ。

「ば、馬鹿！　そんなに飲んだら！　あーっ！　今から必要になるのに！」

慌てて取り上げたときには、もう空になっていた。

「……仕方ない。もうちょっと待ってて」

リトネは肩を落として、屋敷に戻っていく。

一時間後戻ってきたリトネは、さらに傷を負って、まるでミイラ男のように全身に包帯を巻いていた。

†　リリパット銅爵家

リリパット銅爵家は、古代に栄えた魔法文明の遺産を継承する家だと言われている。

領都シェルターの中心には、ダンジョン——避難所があり、リリパット族はそこに隠れて最終戦争から生き延びた。

リリパット族のリーダーの一族は、今も最下層に住み、めったに地上には出てこない。

地上の屋敷にいるのは、避難所から出たリリパット族の末裔《まつえい》たちだけであった。

その地上の館に、領主の一族の中でも変わり者で有名な少女——リトルレットが帰ってくる。

「爺！　魔動エレベーターは回復した？」

問われた白髪頭の執事は、悲しそうに首を横に振った。

「いえ……シャフトを見ると、強靭な蜘蛛の糸でふさがれています。あの魔物は、ここを下りて最下層まで行ったみたいです」

「そう……エレベーター内は糸でふさがれているね。となると、やっぱりコウジョウエリアを通り抜けないといけないね」

「も、もしや行かれるおつもりですか！　危険です！　中は暴走した自動ゴーレムであふれています！」

必死に止めるのには理由があった。この地にはたくさんのダンジョンがあるが、彼らが住んでいる「グーモダンジョン」は、もともと広大なエリアを有する最大の避難所だった。しかし、四百年前に魔物に侵入された際に、魔物により侵入者撃退用ゴーレムが操られてしまい暴走するようになっているのだ。

なおそれ以降は、やむなく地上と直通のエレベーターでつながっている最下層のキョジュウエリア以外を放棄し、ずっと立ち入り禁止地区として封印していた。

「わかっている……もう、父様たちの馬鹿！　自分たちの上の階層に危険なゴーレムたちが徘徊しているのに、キョジュウエリアの便利な生活が捨てられないってひきこもり続けているからこんなことになるんだよ！　だから口をすっぱくして外に出てって言っていたのに！」

リトルレットはひきこもりの家族に呆れて、外の世界へと出てきたのである。

「仕方ありませぬ。お館様は外の世界を野蛮だと嫌っておりましたからな」

「とにかく、ボクは一人でも行くよ！　大丈夫。ノルンたちと一緒に戦ったときに、ゴーレムの弱点は大体わかったから」

そう言うと、執事が止める間もなく、リトルレットはダンジョンの中に入っていった。

◇　◆　◇　◆　◇

リトルレットがダンジョンに入って数時間後、リトネたちが館に到着する。

「リトルレットさんはいますか？」

馬車から降りるなり、リトネは執事に聞いた。

「お嬢様は家族を助けるために、コウジョウエリアに入っていきました。私たちも心配しているのですが……未だにお戻りになられません」

執事はやきもきとした様子で答える。

「やばいな……間に合えばいいいんだけど。リン、ナディ、いくぞ！」

「はい！」

「お母様を助ける！」

こうしてリトネたち三人は、グーモダンジョンに潜っていく。

中は、まるで廃工場のような雰囲気で、あちこちに訳のわからない鉄クズがたくさん落ちていた。

「リトルレットはさすがにAランク冒険者だな。ゲームだとここはラストダンジョンに近かったはずだから、強い魔物たちが出るのに、結構倒してある」

ダンジョンを進みながらつぶやくリトネ。コンクリートできれいに舗装された床には、機械のような魔物が壊れた状態で転がっていた。

「……これを倒したのは、かなりの腕の持ち主。破壊するより動けなくすることを優先している」

床に転がる機械の一つを拾い上げて、ナディがつぶやく。

「先へ進むことを優先しているのか。でも、自動で修理する機能も備えているようだな」

そう指摘して、リトネがある機械を指差す。そこには、修復されつつあるゴーレムがいた。

「これ、見たことないですね。スライムの一種でしょうか？」

地面を這い回る壊れかけのゴーレムを拾い上げて、リンが首をかしげる。そのゴーレムは直径三十センチほどの丸くて平べったい形をしていた。

「本で読んだことがある。『ルンバン』というDランクの魔物」

ナディが説明すると、リトネはやれやれといった顔になった。

「……これがDランクなのかよ！　一体でベテラン冒険者や騎士と同等の戦闘力を持っているって、さすがに高難度ダンジョンだな」

リトネがそう言ったとたん、彼らの背後から一体のルンバンが現れた。

「シンニュウシャ、ニンシキ、ハイジョシマス」

機械的な声が発せられると同時に、シャキーンと音がして丸い円盤の側面から鋭い刃が出る。

「やばい！　二人とも俺の後ろに隠れろ！　『剛竜拳』全開！」

リンとナディを後ろにかばい、リトネは「気」を全開にする。

次の瞬間、ギュイイイーーンと音を立てて、ルンバンが襲いかかってきた。

「く、くそっ！　おとなしくしろ！」

リトネは回転する刃に襲われながらも、必死にルンバンを押さえ込む。

彼の全身は「気」によって覆われているので、フルプレートアーマーに匹敵する防御力を持っている。だが、このままでは破られて体を両断されかねなかった。

「任せて！　水玉《ウォーターボール》」

リンが後ろから杖を振るい、ルンバンを水の玉で包む。パンという音がして、ルンバンは動きを止めた。

「助かったよ……電化製品の天敵は確かに水だな。水に浸かったら、ショートして故障する。よくやったぞ！」

「えへへ……すごいでしょ？　なんかね。さっきのミルク飲んでから、力があふれているの」

リトネに褒められてリンは気をよくするが、ナディから警告が入る。

「気をつけて！　囲まれてる！」

いつの間にか、たくさんのルンバンが全方位から迫ってきていた。

「くそっ！　やばい！」

とっさにリトネは二人を両肩に担ぎ上げ、ルンバンの刃から守る。マザーとの修行でレベルアップしていた彼は、二人の少女を軽々と持ち上げることができた。

しかし、多くのルンバンがリトネに取り付いて、ガリガリと防御壁を削っていく。

「いてぇ！　リン、早く！」

「うん！　噴水《ウォータースライダー》」

リンが杖を振ると、リトネを中心として大量の水が噴出する。そして、ルンバンたちを濡らしてショートさせた。

「……リン、すごい。勇者みたい」

「えへへ。ありがとうございます」

ナディとリンが盛り上がる脇で、リトネは情けない顔をする。

「全身びしょ濡れだよ……はっくしょん」

盛大にくしゃみをするリトネ。ともかくこうして先に進むことができた。

そのあとも危機は続いた。冷蔵庫みたいな形をしたゴーレムに追いかけ回されたり、部屋そのものが電子レンジみたいなトラップになっていたり、人型や犬型のメタリックなゴーレムに襲われたりした。

「えい！」

襲ってくるのっぺらぼうの人型ゴーレムをリトネが殴りつけ、胸に穴を空ける。

「水槍《ウォータースピア》」

その穴に向けてリンが水の槍を刺す。人型ゴーレムはショートして倒れ込んだ。

「二人とも、すごい！」

リトネとリンの連携でゴーレムを倒していくのを見て、ナディが目を丸くする。

「えへへ。実は私も、マザー様から魔法の訓練をずっと受けていたんです。ミルキーちゃんを守れるようにって」

屈託なく笑うリン。彼女も修行によって、すでに一流の魔術師の実力を備えるようになっていた。

「……私もがんばらないと」

ナディがそう気合いを入れたとき、ヒュルルルーという音がして、数体の飛行型ゴーレムが現れた。

「なんだあれ？」

複数の竹とんぼみたいな羽をつけたビデオカメラが浮いている。

次の瞬間、カメラからキュンという音がして、光のビームがリトネを撃った。

「うわっ！」

あっさり剛竜拳のバリアーを破り、リトネの肩を貫く。

「あちちっ!!　み、みんな隠れろ！」

慌てて三人で近くの機械の陰に隠れる。

筒型のカメラゴーレムは、いくつもの羽を広げて偵察するように空を舞っていた。

「まいったな……ドローンとレーザー砲の組み合わせかよ」

日本でもようやく一般的に知られるようになったドローンも、この古代魔法文明では普通に使われていたらしい。

「仕方ない。あいつらを狙って……召喚」

ドローンゴーレムを召喚魔法で捕まえようと試すが、空を自在に飛ぶゴーレムには魔法を当てることさえできない。

「くそっ！　俺は魔法制御に難があるな……まだ修行が足りないか」

今の彼らには、空を飛ぶ敵に対して打つ手がなかった。

「空を飛ぶだけでなく、レーザーを備えたゴーレムか。剛竜拳の防御も通じないし……先に進むにはどうすれば……待てよ？」

そのとき、リトネがあることを思いつく。

「リン、霧を起こすことができる？」

「できるよ。水霧《ウォーターミスト》」

リンの杖から水蒸気が湧き上がり、部屋中に広がる。あっという間に部屋は霧に包まれ、一メートル先も見えにくくなった。

「よし。これで姿を隠せる。それにレーザーの出力が落ちた。みんな、気づかれないように、床を這ってゆっくり進むぞ」

リトネを先頭にして、地面に四つん這いになって進む。

ドローンゴーレムは目標を失い、部屋の中を飛び回っている。

「よし。これで出口まで行けるかな……」

そう楽観的に思うリトネだったが、無情にも機械音が鳴り響いた。

「モクヒョウ、ロスト。ボウギョモードニヘンコウ」

ドローンゴーレムたちが出口にある階段の前に集まって防御陣を敷く。これでは出口に行くことができない。

リトネは歯噛みした。

「くそっ、こうなったらヤケだ。今なら密集して一点に留まっているから、まとめて召喚してどかしてしまおう」

「待って！」

杖を振ろうとしたリトネを、ナディが止める。

「至近距離で光魔法を撃たれて穴だらけにされるだけ」

「うっ。でも……」

「私がなんとかしてみる」

ナディは呪文を唱え始めた。

「われは闇の使徒。すべてを闇の安らぎへと導かん。闇氷《ダークアイス》」

ナディの杖から発せられた黒い闇が、ドローンたちを包み込む。そして闇の中からビキビキという音が響き、しばらくしてドスンという音がした。

「……成功。うまくいった」

額の汗をぬぐいながら笑みを浮かべるナディ。ドローンたちは凍りついて、地面に墜落していた。

「すごいな。リンの霧とナディの氷のコラボレーションか」

役立ってくれた二人に、リトネは感心する。

「ふふ。なんだか私も力が湧いてきた。あのミルクのおかげかも。マザーの加護を得たみたい」

「きっとそうですよ。私も前より強くなった気がします」

「私とリンのコンビなら、無敵」

リンとナディは仲良く手を取り合って喜ぶのだった。

「あの、えっと、俺は？」

仲間外れにされたリトネがアピールすると、ナディは冷たい目を向けてくる。

「あなたは盾。私たちが魔法を使って敵を倒す時間を稼いで」

「……はい」

それからのダンジョン探索は、リトネが盾となって敵を引き付け、リンが水をかけ、ナディが凍りつかせて無力化するやり方で進んだ。

三人の連携により、ラストダンジョンに近い高難度グーモダンジョンを軽々と攻略していくのだった。

† リトネたちがいる下の階

一人の少女が、傷だらけになりながらダンジョンを進んでいた。

「キルユー！」

サングラスをしたマッチョ体形のゴーレムが叫びながら、マシンガンを撃ちまくってくる。

「……くっ」

少女――リトルレットは物陰に隠れたまま動けなくなっていた。

「はあ、はあ……どうしてあんなやつが！　ノルンたちと来たときにはいなかったのに！」

隠れたまま愚痴るリトルレット。最初にダンジョンに入ったときはDランク程度のゴーレムばかりだったのに、より強いゴーレムが出現するようになっていた。

「……愚痴っていても誰も助けてくれないよね。いいさ、ボクは一人でも仲間を助けてやる。自在の工具よ。スコープに変われ！」

手に持っていたペンチがスコープに変わる。それを使って、物陰からこっそりとゴーレムの様子をうかがうと、その弱点がスコープに映し出された。

「……外部動力タイプだね。だとすると電源スイッチがどこかに……あそこだ！」

後ろを向いて、この階の入り口まで戻る。その付近の床を丹念に探すと、怪しげなネジの付いたプレートを見つけた。

「早くしないと……あいつが来ちゃう！　自在の工具よ、変形しろ！」

スコープからペンチに戻っていた工具が、ドライバーに変わる。

背後からマッチョゴーレムが近づいてくる気配を感じながら、必死にネジを回す。

「よし、外れた！」

ネジが外れて、床の一部が開く。中にはボタンがあった。

「これであいつを停止……ぐっ！」

乾いた銃声がしたかと思うと、突然右手に痛みが走り、血が流れ出した。あまりの激痛に気絶しそうになる。

慌てて後ろを見ると、マッチョゴーレムがすぐ側まで迫り、自分に向けてさらに銃を撃とうとしていた。

「負けるもんか……ボクは……みんなを助けるんだ！」

まだ動かせる左手で、渾身の力を込めてボタンを押す。

「ヒジョウテイシ」

マッチョゴーレムは、リトルレットに銃を向けたまま、その場で停止した。

「はあ……はあ……やった」

リトルレットは、その場に座り込んで安堵する。持ってきていた包帯で右手を縛って血止めをし、ポーションを飲んで回復した。

一通りの処置を終えたリトルレットは、呆然としてしまう。しばらくすると、自然に涙がこぼれてきた。

「うっ……ううっ……なんでこんなことに……」

薄暗いエリアで一人で座り込んでいると、孤独と恐怖でおかしくなりそうだった。

「ボクは本当にみんなを助けられるのかな。これでポーションは使い切っちゃったし、一回戻ったほうが……」

何度も傷つきながら今に至るので、手持ちの回復薬が尽きてしまった。

「でも……生きて地上にまでたどり着けないかも」

ここまで基本的に戦わずに逃げたり、弱点を突いて動きを止めたりしてきた。このダンジョンはゴーレムの自動修理機能を備えている。つまり、戻るには、大量のゴーレムたちと再び戦わなければならないのである。無事に地上まで行ける自信はなかった。

「迷っていても仕方ない。先に進もう。いよいよ最下層で、あいつがいるところだ」

リトルレットは気持ちを切り替えて、最下層への階段を下りていった。

◇　◆　◇　◆　◇

リトネたちは、動きが止まったゴーレムを見て感心していた。

「どうやらリトルレットは一人でここまで来たみたいだな。よくこんなのと戦えたな」

リトネは強そうなマッチョゴーレムを見て身震いする。大きい上にマシンガンまで装備しているので、まともに戦ったら命がいくつあっても足りなさそうだ。

「ここにボタンがあるよ。これで動いたり止まったりするんじゃない？」

リンがしゃがんで床の一部を指差す。そこには怪しげなスイッチが付いていた。

「……なるほど。ゴーレムが暴走したときのための非常停止システムか。ってことは、他のゴーレムもこういうので制御できたのか。まともに戦ってきた俺たちって馬鹿みたいだ」

リトネは今までの戦いを思い出して憮然《ぶぜん》とする。

「……それより、急ごう。彼女、怪我をしている」

ナディが床を見て言う。床には転々と血の跡がついていた。

「グズグズしてはいられないな。急ごう」

三人はコウジョウエリア最下層に下りていく。そこは倉庫らしく、ゴーレムの完成品が箱に入って眠っているのが多数見られた。

他にもいろいろな電化製品みたいなものや、食料や缶詰などが棚に収まっている。

「静かだな……」

あたりを見回して、リトネはつぶやく。

ツチグーモはおろか、リトルレットや動くゴーレムの類《たぐい》もいなかった。

「あっちが魔動エレベーターのプラットホーム。広いスペースがあるみたい」

壁に書かれた地図を見ていたナディが指差す。

「行ってみよう。ただし、気をつけろよ」

三人が奥のほうへと進んでいくと、真っ白い糸があちこちにかかっていた。

「これは……すごいな」

そこには、地上まで吹き抜けになっている巨大な穴があった。魔動エレベーターである。

その底で、一匹の巨大な蜘蛛が巣を作っていた。

「シャアアアアアア」

叫び声を上げながら、尻から白い糸を出して、せっせと網を張っている。その巨大な蜘蛛の巣にはすでに大勢の人が捕らえられていた。

リンが怯えながらつぶやく。

「ねえ……あれって」

「うん。そうだろう」

三人は顔を見合わせてうなずく。網の端の人の塊に、赤い頭巾が出ているのが見えた。

「もしかしたらリトルレットかも。とりあえず彼女を助けよう。召喚！」

リトネが杖を振ると、リトネたちの目の前にリトルレットが現れた。

「リトルレットさん、しっかりしてください！」

リトネが揺さぶっても、白い目をしていて無反応である。

そのうなじには虫に刺されたような跡があり、周囲は緑色に変色していた。

「やばいな……毒針に刺されている。治療しないと……って！　おい！」

自分の獲物を盗られたことに気がついたツチグーモが、穴から這い上がって猛然と迫ってきていた。

リトネたちにまっすぐ向かって、口を開く。

「くそっ！　『剛竜盾《ドラゴンシールド》』」

蜘蛛が消化液を吐くと同時に、とっさにバリアーを張って防御するリトネ。緑色の毒液は「気」でできた透明な盾に防がれた。

「シャアアアァ」

ツチグーモは怒り、今度は尻を向けて銀色の糸を飛ばしてきた。糸はバリアーごと覆い尽くそうとどんどん絡み付いてくる。

「このままじゃやばい！　撤退だ！」

リトネたちはリトルレットを担いで、前の階まで戻るのだった。

† 上の階

やっとのことでツチグーモの追撃を振り切り、上の階まで撤退してきたリトネたち。そこで彼らはリトルレットを介抱した。

「ヒール！」

リンが杖を掲げて、治療魔法をリトルレットに浴びせかけた。

「リトルレットさん！　起きてください！」

「目を覚まして！」

リトネとナディが必死に呼びかけるも、ツチグーモから強力な麻痺毒の針を刺されているらしく、彼女は死んだように動かない。

「……仕方ないな。ここはテンプレ通り、俺が口移しで……」

真剣な顔をして、リトネが乳の入ったペットボトルのキャップを開けようとすると、横からナディにひったくられた。

「きもい。私がやる」

そのままナディはマザーの乳を口に含み、口移しでリトルレットに飲ませる。

「ごほっ！」

一口飲んだ瞬間、緑色だったリトルレットの顔色は元に戻り、咳とともに毒を吐き出した。

「……よかった。生きてた」

「……誰？」

目を覚ましたリトルレットは、状況が呑み込めず、首をかしげるのだった。


「そっか。リンちゃんとナディちゃんか。私を助けてくれたんだね。ありがとう」

自己紹介をされ、事の経緯を聞かされたリトルレットは、感謝の言葉を口にしながら礼をする。

「いえ、大したことはしてないですよ」

「……お母様の仲間なら、助けるのは当然」

リンは照れながら、ナディは顔を赤らめながら答えた。

「えっと……俺もいるんだけど」

「どうも」

リトネは必死に体を張って助けたことをアピールしたが、リトルレットに軽くあしらわれる。

彼女は未だにリトネのことを胡散臭《うさんくさ》い奴だと思っていた。

「と、とりあえず、今日はもう撤退しないか？　君を救うことができたし、体力も万全じゃないし、あんなの俺たちじゃかないっこないよ。そもそもツチグーモは六魔公最強の魔物だよ？　一般人が戦うなんてのが間違っているんだから……あいつを倒すのは、何年かあとの成長した勇者に任せようよ」

ツチグーモの強さに恐怖したリトネがそう提案するが、ナディとリトルレットが首を横に振る。

「……だめ。お母様をまだ助けていない」

「ボクの仲間たちだけじゃなくて、リリパット銅爵家の家族たちも捕まっている。今じゃなければ救えないよ」

正論を言われて、落ち込むリトネ。

「やれやれ……なんで俺がこんなことを……六魔公と戦うのは勇者の役目だろ……」

この期《ご》に及んで怖気《おじけ》づくリトネに、ますます冷たい目を向けるリトルレットとナディ。

「怖かったら、君は帰っていいよ。ボクは一人でもあいつと戦うから」

「……私も戦う。勇者でもないただの臆病者は引っ込んでて」

二人にそこまで言われて、ついにリトネも観念した。

「……わかったよ。俺もツチグーモと戦うよ」

そんなリトネに、リンだけは声援を送ってくれる。

「大丈夫だよ。私のお兄ちゃんは強いもん。あんなやつ、叩きのめしちゃえ！」

無邪気に笑うリンを見て、リトネの心は奮い立った。

（そうだよな。俺は勇者じゃないけど、リンの兄貴分だ。妹にかっこ悪いところだけは見せられないな。でも、どうやってあいつと戦おうか……）

必死で考えていると、動きを止めたマッチョゴーレムが目に入った。

「このゴーレムって、本来はこのダンジョンのボスなんだよな。ということは、相当強いはず。なら、目には目を、ボスにはボスを、だ！」

ツチグーモに対抗できる作戦を考えつくリトネだった。


「よし、ボタンを押して」

リトネに言われて、怯えながらリトルレットは起動ボタンを押す。

すると、マッチョゴーレムの瞳が赤く輝き始めた。

「……サイキドウ……ゲキタイモード……」

マッチョゴーレムが動き出す前に、リトネは地面に向かって杖を振る。

「床を召喚！」

マッチョゴーレムの下の床をリトネの目の前に取り寄せると、マッチョゴーレムは下の階に落ちていった。

しばらくすると、下の階からものすごい銃声音と叫び声が聞こえてくる。

「キルユー！」

「シャアアアアアア！」

突然始まったボス同士の戦いに、リトネたちは耳を澄まして気配を探る。どうやらリトネの作戦どおり事が動いてくれたようだ。

そのまま階段から離れ、エレベーターシャフトに向かう一同。そして、中をふさいでいる糸を切りながら下の階に下りていった。

「いいか。蜘蛛の糸は、縦糸には粘着性はないが、横糸にはあるんだ。絶対に横糸に触れるなよ」

リトネがナディとリトルレットに警告する。

リンを上の階に待機させ、エレベーターホールの縦糸を伝って三人は下りていった。

コウジョウエリア最深階に到達すると、眼下にツチグーモの巨大な巣が張ってあるのが見える。

「……あいつはゴーレムと戦っていて、ここにはいないみたい」

ナディが倉庫のほうを指差す。そこからはすさまじい戦いの物音が伝わってくる。

「あのゴーレム、あいつを倒せるかな？」

リトルレットが不安そうに問う。

「わからない。だけど奴らが戦っている間に、ノルンさんたちを助けられるでしょ」

二大ボスが戦っている最中に、気配を悟られないように縦糸を伝って巣の中心まで下りた。

「でも、ここからはどうするの？　横糸に触れずに助けるのなんて、無理」

あたりを見渡して、ナディが尋ねる。捕まっている人たちは縦糸のない箇所にまとまって人型の繭《まゆ》にされていた。リトルレットが提案する。

「キミの召喚魔法を使えば……」

「無理だ。もうここへ来るまでにかなりの魔力を使っている。一人ひとり召喚していたら魔力切れで気絶してしまって、あいつが戻ってきたら戦えなくなる」

リトネは冷静に判断して、リトルレットの意見を却下した。

「なら、どうすれば！」

「大丈夫だ。『異世界の段ボール』こい！」

リトネが杖を振ると、大量の段ボールが現れた。

「いいか？　こうしてつぶして、繭までの道を作るんだ」

段ボールを平べったくして、蜘蛛の巣に張り付ける。

それで道を作り、ようやく人型の繭が積み上がっているところまでたどり着いた。

「お母様！」

繭の一つから出ている杖を見て、ナディが悲鳴を上げる。

そのまますがり付こうとするのを、慌ててリトネは止めた。

「大丈夫だ！　死んではいない！」

「でも！」

「俺は白姫ノルンが助かることを知っているんだ。だから大丈夫だ」

取り乱しそうになるナディを必死に慰める。

「……わかった」

しばらくして落ち着いたナディは、リトネたちとともに人型の繭を回収して、上の階に運んだ。

「……よし。これで最後だな。なんとか間に合ったか……」

最後の繭を回収して、リトネはほっとする。

ちなみに彼は六魔公と戦うつもりはさらさらなかった。ノルンたちを助けたら、とっとと逃げ出すつもりである。

「ツチグーモが持つ『土の珠』の回収は、成長した勇者に任せよう。ゲームの設定だと、どうせこの下には飛空艇『ペガサスウィング』が保管されているんだから、放っておいても勇者は来ないといけないんだし。あ、でも、ツチグーモはエサがない状態で数年過ごすことになるから、その間に餓死しているかも」

と、都合のいいことを一人でつぶやきながら、最後の繭を上の階に運んだとき、いきなり縦糸が揺れる。

「な。なんだ！」

「きゃっ！」

大きく揺れたせいで、ナディが落下してツチグーモの巣に張り付いてしまった。

「リトネ君！　あれ！」

蒼白になったリトルレットが倉庫を指差す。そこにはボロボロになったツチグーモがいて、巣の糸を引っ張って揺らしていた。

「あいつ……くそっ！　あとちょっとだったのに！」

リトネは悔しそうに歯噛みする。ツチグーモはマッチョゴーレムを倒すのに相当苦戦したのか、八本あった足のうち三本がとれ、体にはいくつも穴が空いて動きも鈍くなっていた。

それでも目に憎悪を滾《たぎ》らせて、ナディたちに迫ってくる。

「は、はやく逃げないと」

「だめ！　取れない！」

ナディは粘着性のある横糸に絡まれて動きが取れない。

ナディに向けて、ツチグーモはカチカチと口を噛み合わせながら迫ろうとしていた。

「……二人とも行って。私はもう助からない」

ナディは上にいる二人に呼びかける。

「でも！」

「勇者様に伝えて。……私も一緒に戦いたかったって」

そう言うと無理に二人に笑いかけ、ギュッと体を強張らせた。

ツチグーモが、ナディを食べるために消化液を吐きかけようと口を大きく開ける。

「さようなら……お母様！」

ナディは観念して、力いっぱい目を閉じた。

「……？」

目を閉じてしばらくしても、ナディは何も感じなかった。

「……なにが……起こったの？」

ゆっくりと目を開けたナディの前には、一人の男のたくましい背があった。パンツしかはいてない全裸に近い格好だったが、広い背中で頼もしさを感じる。

「……勇者様？　助けに来てくれたの？」

あこがれていた勇者が来たのかと思い、おそるおそる呼びかける。

「勇者じゃないって言っているだろ！　全開！　『剛竜体《ドラゴンマッチョ》』」

男の声には聞き覚えがあった。自分を無理やり婚約者にしようとしたいやらしい男。マザーの加護を得ているくせに、魔公と戦おうとしない臆病者——リトネ。

そんな男が、わざわざ飛び降りて自分をかばおうとしている。

「……どうして……あなたが……私はあなたをさんざん馬鹿にしたのに……」

「わかんないよ、ちくしょう！　早く！　これは数分も持たない！」

リトネがわめく。

必死に全身から「気」を放出してバリアーを張り、消化液を防いでいた。

「……やれやれ。世話が焼けるね」

リトルレットも下りてきて、ニッパーを使ってナディを拘束している糸を切る。

「あなたまで……」

「即席とはいえ、ボクたちはパーティでしょ。白姫ノルンはこう言った。『極限状態でも仲間を見捨てないのが、本当の冒険者だ』って。ボクは冒険者なの」

苦労してナディを拘束していた糸を切る。

「やったよ！」

「いけ！　こいつはなんとかして俺が倒す！」

リトネは振り返りもせずに、先に行くように促す。

（……勇者とは、自らの身を盾に人々を守る者。だとすると……リトネこそが真の……）

リトルレットに引き上げられながら、ナディは初めて、リトネに勇者を見るような目を向けるのだった。

（くそっ……格好つけたけど、どうすりゃいいんだ）

二人をツチグーモからかばいながら、必死に気力を振り絞って考える。

（考えろ！　蜘蛛は体が柔らかいんだ！　だから、何か叩きつぶせるもの！　祖父さんの『岩』みたいな、でかくて硬いもの！」

自分が召喚できる異世界のゴミに何か役立つものがないか、必死に思い出す。そしてやっとのことで、都合のいいものを考えついた。

「そうだ！　我が求めに応じよ！　異世界のスクラップ！」

やけくそになって念じると、上空に巨大な何かが現れる。それは勢いよく落下し、蜘蛛の柔らかい背に突っ込んだ。

「グエエエエエ！」

その物体に押しつぶされ、ツチグーモは苦痛の声を上げるのだった。


「あれ、なんなの？」

ツチグーモを押しつぶした物体を見て、戻ってきたリトルレットが首をかしげている。

「異世界の車。故障して放置されていたやつを召喚したのさ。『大型トラック』という種類の」

息を切らせながら答えるリトネ。巨大な錆だらけの壊れた十トントラックが、ツチグーモの上に載っかっていた。

いかに六魔公最強のツチグーモであっても動けるはずがない。押しつぶされたツチグーモは、緑色の体液を流しながらヒクヒクと蠢《うごめ》いていた。

「や、やったぞ……ははは……がくっ」

すべての気力と魔力を使い果たし、リトネは崩れ落ちる。

そんな彼を、リトルレットは容赦なく叱り付けてきた。

「ほら！　格好つけたんなら、最後まで立って。本当はキミが勇者なんでしょ!!」

「だから、俺は勇者じゃなくて、かよわい貴族のお坊ちゃんなんだって……」

苦笑しながらリトルレットに肩を貸してもらい、縦糸に向かう。

そのとき、急に床の網が傾いた。

「えっ？」

「まさか、これって……」

振り向くと、トラックの重みに耐えられず、蜘蛛の巣がどんどん沈み込もうとしていた。

「うわっ！　やばい！」

「つかまって！」

慌てて縦糸に捕まる二人。同時に網が破れ、ツチグーモとトラックは一緒にエレベーターの底に落ちていった。

「これでツチグーモは死んだかな。いや、こういうときはもう一波乱あるのが……」

リトネがつぶやいたとき、エレベーターの底で火花がチカッと光った。

それを見たリトネは、慌て出す。

「やっぱり！　早く上がれ！　こういう場合は、お約束の……」

リトルレットを急かして、最後の力を振り絞って縦糸を登る。

やっと上の階についた瞬間、ドーンという盛大な音とともに爆発が起こり、エレベーターと地下のキョジュウエリアは炎に包まれるのだった。

上の階でへたり込むリトネを、三人の少女が取り囲む。

「お兄ちゃん！　すごいよ！」

「ツチグーモを……倒したの？　やっぱり……あなたこそが私の勇者なのかも……」

「リトネ君。その、家族を助けてくれてありがとう。嘘つきなんて言ってごめんね」

リン、ナディ、リトルレットから賞賛されるリトネだったが、真っ青な顔になっていた。

（やばい。さっきの爆発は……あの下にあるはずの飛空艇ペガサスウィングか……どうしようか？）

どうやら勇者が天空城ラピュターに行くための船をぶっ壊してしまったようだ。

（やばい。やばいよ……あれ？）

急に目の前が暗くなってくる。

「お兄ちゃん！　大丈夫？　しっかりして！」

「リトネ！」

「リトネ君！」

三人の心配する声を聞きながら、リトネの意識は闇に落ちていった。


「……はっ？」

目を覚ますと、そこは白い病室だった。

なぜかリンをはじめとする三人の少女が、自分を取り巻くように椅子に座って寝ている。

「なんだこの状況？」

リトネが首をかしげていると、病室のドアが開いて数人の男女が入ってきた。

「あなたがナディの婚約者の、勇者リトネちゃんなの？　ありがとう。私たちを助けてくれたのね」

先頭にいる、白い肌をした絶世の美女が笑いかけてくる。彼女は手に白い液体が入ったペットボトルを持っていた。

「……世話になった」

ずんぐりしたドワーフは、小さく頭を下げる。

「まさか、俺が倒せなかったツチグーモをこんな小さな少年が倒すとはな……しかもこんなに可愛い子たちに囲まれて！　くそう。これが本物の勇者なのか！」

イケメンの剣士が悔しがっている。どうやら、「白姫」のメンバーたちらしい。彼らは、完全にリトネを勇者だと勘違いしているようだった。

「だ、だから、ちがいますって。俺は勇者じゃなくて……」

弁解しようとするリトネの手を、「白姫」のあとに入ってきた人物が取る。

「勇者リトネ殿。我が一族を助けてくださって、まことに感謝する。私はリリパット銅爵と申す者じゃ。真の勇者よ……心から礼を言おう」

見た目は若いくせに髯を生やした変な男が、涙を流して感激していた。

「だから、ちがうんだって！　俺は勇者じゃないんだー！」

リトネは死に物狂いで否定するが、この日以降「小さな勇者リトネ」の評判は国中に広がっていくのだった。


いきなり部屋が騒がしくなったので、三人が起き出す。

「……リトネ、起きた？　だいじょう……」

ナディが椅子から立ち上がるより先に、二つの影が動く。

「お兄ちゃん！」

「リトネ君！」

リンとリトルレットが思い切りリトネに抱きついていた。

「大丈夫？　体痛くない？」

「君、死んじゃったかと思ったよ！　心配させて！」

涙を流してすがり付く二人。ナディは出遅れて、むなしく椅子に座り込む。

そんな娘の様子を見て、ノルンはニヤニヤと笑っていた。

「どうしたの？　いかないの？」

「……」

ナディは真っ赤な顔をして、首をブンブンと横に振る。

「あらあら、やっとナディちゃんにぴったりの勇者が現れたのにね～」

ノルンは面白そうに笑う。

「あんなやつ、勇者じゃないもん……浮気者。婚約者になれって言ったくせに」

二人に抱きつかれているリトネを見て、ぷいっと顔を背けるナディだった。

† 次の日

「勇者リトネ・シャイロック殿。我が一族を救っていただき、まことに感謝する」

リリパット銅爵が感謝の言葉を述べる。今まさに、リトネたちをもてなすパーティが開かれていた。

「ありがとうございます！」

「あなたのおかげで助かりました！」

ツチグーモに襲われた銅爵家の家族や家臣も、感謝の言葉をかけてくる。

リトネは照れながら彼らに笑いかけた。

「いいえ、大したことはしていません。みんなの力があってこそです」

「うむ……さすが勇者らしい謙虚な姿勢じゃ。気に入ったぞ。何か望みはあるか。ワシにできることなら、なんでもかなえよう」

　リリパット銅爵が提案してくる。

「では、お言葉に甘えまして、一つだけお願いしたいことがあります」

「うむ」

　全員がリトネが何を望むか聞き入る。

「リトルレットさんを、我が婚約者としてお願いできませんでしょうか？」

「ぶへっ！」

　リトネの隣でジュースを飲んでいたリトルレットは、それを聞いて思わず噴き出してしまった。

「どういうことなの！　婚約者は私！」

　さっきから不機嫌だったナディは、目を吊り上げてリトネに迫る。

「いや、その、第二夫人ということで……」

「馬鹿！　浮気者！」

　ナディは思いっきりリトネをビンタする。その隣で、リンもアワアワと慌てていた。

「あ、あのねリトネくん。ボクはこんな姿だけど、実は二十オーバーなんだ。だから、ちょっとキミにとってはおねえさんすぎるんじゃないかな……と思うんだけどなぁ」

　リトルレットは赤い顔をしてもじもじと言い訳するが、その声はパーティ会場に湧き上がった歓声によって掻き消されてしまった。

「勇者がお嬢様に求婚したぞ！　お似合いの二人だ！」

「二人の未来に幸あれ！」

一族や家臣たちは声を揃えて二人を祝福する。

それを聞いて、満面の笑みを浮かべたリリパット銅爵が口を開いた。

「我がリリパット銅爵家とシャイロック金爵家は隣同士の領地として、長く親交がある家柄じゃ。婿《むこ》が勇者なら願ったりかなったりじゃ。こちらこそお願いいたす」

銅爵が頭を下げると、熱狂的な拍手が湧き上がる。

「ち、ちょっと待ってよ！　ボクの意思は……え？　うそ！　ほんとにボクとリトネ君が結婚しちゃうの？」

リトルレットは混乱して目を白黒させている。

「婚約者は私なのに……浮気者浮気者浮気者……」

ナディは黒いオーラを放ちながら、ガブガブとワインを飲み干していた。

「……なんでだろ。ちょっと悔しい」

そしてリンは部屋の隅っこに行ってべそをかく。

三つの少女の声は、喜ぶ人々の声に掻き消されてしまうのだった。

「どういうつもりなの！　あんな大勢の前でいきなりプロポーズだなんて」

パーティ会場の別室で、真っ赤な顔をしたリトルレットが詰問する。

そこにはリンとナディもいて、じっとリトネをにらんでいる。彼女たちも言いたいことがありそうだった。

「どういうつもりも何も、言葉のとおりだよ。婚約者になってほしい」

リトネは真剣な顔をしていた。その様子に、リトルレットはちょっとひるんだ。

「で、でも、ナディちゃんも婚約者なんでしょ」

リトルレットはナディを見ると、彼女は不機嫌そうにうなずいた。

「リトネは、お金と地位と権力を使って、無理やり私に婚約者になれって迫った。それなのに！」

「うっ……だ。だから、ナディを第一夫人、リトルレットを第二夫人ということで……」

リトネは居心地悪そうに言うが、彼の地位からしてみれば別におかしなことではない。

貴族の当主が複数の夫人を娶《めと》るのは普通であり、金爵家の嫡男《ちゃくなん》が相手なら、銅爵家の三女が第二夫人でも身分的な意味では釣り合いが取れていた。

ただし、感情面では別である。

「……最低！　浮気者！」

「お兄ちゃん。ナディ様がかわいそうだよ。女の子をもてあそんじゃだめなんだよ」

ナディからはムシケラを見るような目でにらまれ、リンからはたしなめられてしまった。

「だ、だけど、ボクを第二夫人にって！　……まだ子供のくせに！　そんな……」

リトルレットは大人なのでそんな貴族の事情もある程度わきまえているが、まだリトネは十二歳の少年である。そんな子供のうちからたくさんの婚約者を欲しがるなど、正気とは思えない。

しかし、リトネは誠意をもってリトルレットに伝えた。

「俺は、君自身が欲しいんだ。シャイロック家に来てほしい」

家族を救ってくれたリトネに真剣な目で見つめられて、リトルレットは思わずうなずく。

「そ、そうなの？　物好きだね……まあ君は強いし、家族を救ってくれたんだし……十歳くらい年下だけど、かわいい顔してるし、ボクのことが好きなら仕方ないか……でも、なんておませさんなんだろ。ちゃんと結婚生活できるのかな……一応身長のバランスは合うかもだけど」

何やら想像しているらしく、リトルレットは小さな自分の体を抱きしめてもだえている。

「いや、残念だけど君が好きとかじゃなくて、世界を救うために必要なんだ」

「へ？　どういうこと？」

「いい機会だから、みんなにも話しておくよ。聞いてほしい」

リトネは三人の少女に、女神ベルダンティーの予言を話し始めた。

「だから、君は勇者アベルのヒロインの一人なんだ。君を放っておいたら勇者をたぶらかして、世界を破滅させてしまうから、今のうちに婚約者にしておいて僕の元でいろいろ社会のことを勉強してもらおうと思って……って、聞いてる？」

リトネの話を聞いているうちに、リトルレットはわなわなと震え始めた。

「なんだって！　ボクが将来世界を滅ぼす悪女になるって、勝手なことを言うな！」

ほっぺたに激痛が走る。リトルレットの手に握られていたペンチで、思いっきり頬をつねられていた。

「君の歯を、この自在の工具で抜いてあげようか？」

「痛い！　痛い！　ご、ごべんなざい」

「ふん！　キミなんか大嫌い！」

とどめにパチーンとリトネをビンタして、リトルレットは部屋を出ていってしまった。

「……」

残りの二人も、リトネの話を聞いて微妙な顔をしている。

「……なんであんなに怒ったんだろ？　そうならないように努力しようって話だったのに」

「当たり前。あなた、やっぱり最低。ちょっと見直していた私が馬鹿みたい」

ナディも冷たい目でリトネをにらみ、部屋を出ていってしまった。

(やっぱり話さないほうがよかったかな。でも、話しておかないと警告にならないし……)

このことをヒロインたちに話すかどうかはリトネもさんざん迷っていたのだが、これから彼女たちには現実のことをいろいろ知ってもらう必要がある。だからこそ正直に話したのだった。

「リン、君は……どうする？　やっぱり僕のことが嫌いになって、勇者のところに行くかい？」

二人が出ていっても、最後まで部屋に残っているリンに聞いてみた。

「私は平民のメイドだから、最初からお兄ちゃんの婚約者にはなれないんだよね……」

リンは悲しそうに俯く。

「うっ。そ、それは……」

「でも、私はお兄ちゃんの側にいられれば、それでいいよ！　私にとって会ったことない勇者よりも、ずっと側にいてくれたお兄ちゃんのほうが大事だもん。だからずっと側にいさせてね」

リンはにっこりと笑いかけてくる。

「ああ。これからも僕の側にいてくれ」

何があってもリンだけは、勇者のヒロインなんかにはならないでいてくれる。リトネはそう確信して、優しくリンを抱きしめるのだった。


「あっはははは。正直というかなんというか……リトネちゃんって面白い子ねぇ」

白姫ノルンは与えられた部屋のベッドで笑い転げている。

ナディはリトネから聞いたことをすべて母親に話していた。

「あんなやつ、大嫌い。私を世界を滅ぼす悪女扱いして！」

よほど腹を立てたのか、真っ赤な顔をしてプンプンと怒っている。

「まあまあ。ある意味誠実な子よ。少なくとも、女の子が可愛いからって遊びで口説いてくる男よりはマシかもよ」

「……かもしれないけど、好きでもないのに、お金と権力と名声を使って次々と婚約を押し付けてくる男なんて最低」

ナディは心底幻滅したという風につぶやく。彼女は、結婚とは好きになった者同士が惹かれ合ってする神聖な行為だと思っていた。

貴族の事情も、ましてリトネが言う勝手な破滅的未来も知ったことではない。

そんな夢見る少女そのものの彼女に、ノルンはいたずらっぽく話しかけた。

「きっと彼は世界を救うことしか考えてないのよ。自分に課せられた使命の重さに、女の子を好きになる余裕なんてないのかも。世界を救ってから、じっくりと彼を落とせばいいじゃない」

「ふえっ!? わ、わたしはあんな男、好きじゃない!」

ナディは真っ赤になって否定する。

「はいはい。ナディちゃんは勇者が好きなんだっけ。でもさ、彼を教育して立派な勇者にすれば、望みがかなうんじゃない？ 結構有望株だと思うんだけど」

「あんな男、勇者なんかに絶対なれない！ 本当の勇者は、勇気があって、見返りを求めず人を救って、傷ついた人がいたらその人を守るために自分の身すら犠牲にして……その……」

ナディは必死に自分の理想とする勇者を思い浮かべるが、どうしても自分を助けるためにツチグーモに立ち向かってくれたリトネを思い出してしまい、声が小さくなる。

そんなナディを、ノルンはすべてわかっているという風に抱きしめた。

「それなら、婚約とか考えずに、世界を平和にするまで協力してあげればいいんじゃない？　リトネちゃんも大人になって好きにならなかったら、婚約解消してもいいって言っているんでしょ？」

「たしかに。協力ぐらいはしてもいいかも」

ノルンに諭され、しぶしぶ同意するナディだった。


その日の夜、リトネに用意された部屋に、硬い表情をしたナディがやってくる。

「お母様を助け、治してくれたことには感謝する。でも、やっぱりあなたを好きにはなれない」

ナディは冷たい態度で言い放つ。

「そんな！　死ぬ思いでお母さんを助けたのに！」

「その恩着せがましい態度が気に入らない。私のことを好きでもないのに、無理やり手に入れようとしているのも嫌」

ナディからは明確な拒否が伝わってきた。

「で、でも、君はこのままじゃ世界を破滅に導いてしまうんだ！」

リトネは必死に訴える。

「ふん。私は勇者のハーレムの一人で勇者をたぶらかして将来世界を滅ぼすって話でしょ？　だから私を勇者から奪うって？　馬鹿にしないで。私は人形じゃない」

「……だけど……」

「勝手に決めないで。人権侵害。私はチョロインじゃない。あなたを好きになんて、絶対にならないから！」

そこまで言われてしまい、リトネはがっくりとうなだれる。

「わ、わかったよ……あんなに苦労したのに……」

リトネは未来の変更に失敗したと思い、思わず天を仰いだ。

「でも、お母様を救ってくれた借りは返す」

「え？」

「あなたを好きにはならないけど、あなたの側にいて協力はする。それならいいでしょう？」

そう言って、初めてナディは笑顔を見せるのだった。


その頃、白姫ノルンは仲間のリトルレットの訪問を受けていた。

「あの……ノルンに相談したいことがあるんだけど」

よほど悩んでいるのか、暗い顔をしている。

ノルンは苦笑して、いい香りがする紅茶を入れて仲間を迎えた。

「はいはい。娘からも聞いているわ。リトネちゃんの予言でしょ」

「うん……ボクはどうしたらいいんだろう？　あのときは怒ったけど、よく考えたらリトネ君はツチグーモの襲来を警告してくれた。それが女神に予言されたことだったのなら、見事に的中したことになる」

紅茶をすすりながら、リトルレットは思い悩む。

「なら……ボクはいずれ勇者をそそのかして世界を破滅させる、悪い女になるのかな？」

目に涙を溜めて顔を上げたリトルレットの瞳に映ったのは、ニコニコとしたノルンの笑顔だった。

「あはは。心配しなくても大丈夫よ。その予言は簡単に覆るわ」

「なぜそんなことが言えるんだい？」

「だって、すでに予言の一部は外れているもの」

意外な言葉に、リトルレットは首をかしげた。

「え？　どういうこと？」

「予言では、ツチグーモは誰に倒されることになっていたかしら？」

「えっと。勇者アベルとその仲間のヒロインが協力して……あっ！」

本来アベルが倒すはずだったツチグーモは、リトネによって倒されていた。

「わかったでしょ。リトネちゃんは予言者じゃなくて、むしろその反対の予言破壊者なの。彼自身の行動が、運命を捻じ曲げて予測不可能なものにしているの。リトネちゃんが語った『ヒロインが悪女になる未来』は、今のリトネちゃんがいなかった場合の未来なのよ」

ノルンの言葉を聞いて、リトルレットはかなり気分が楽になった。

「なら、やっぱりただのホラ話ってことになるのかな？」

「女神の予言をホラ話にするかどうかは、これからのあなた方次第よ。リトネちゃんの話を考慮に入れて、どうすれば一番いいかを考えなさい」

そう言われて、リトルレットは考え込むのだった。

† 三日後

完全に体力が回復したリトネは、リリパット銅爵領を出発しようとしていた。

「それじゃ、失礼いたします」

「勇者殿、本当に世話になり申した。リトルレットのことは必ず説得してそちらに向かわせるゆえ、しばしお時間をいただきたい」

見送りにきたリリパット銅爵は、申し訳なさそうに頭を下げる。

あれからリトルレットは自分の部屋から出てこなくなった。食事も自室でしているみたいで、顔も見せてくれない。

「いえ……あまり叱らないであげてください。私も失礼なことを言ってしまったみたいなので」

リトネも申し訳なさそうに頭を下げた。

「それじゃ……」

「ちょっと待ちなさいよ！」

リトネが馬車に乗ろうとすると、甲高い声が響き渡る。

屋敷の玄関から、大量に荷物を抱えたリトルレットが出てきた。

「ボクを置いていこうとするなんて、どういうつもり？」

リトルレットはペンチでリトネのほっぺたをつねる。

「痛い痛い……え、君は婚約者になりたくないんじゃ？」

「なりたくないけど、あんな大勢の前でリリパット銅爵家を救った救世主に求婚されて、断れるわけないでしょ！　一生恩知らずって言われて、どこにも嫁に行けなくなるよ！」

不機嫌そうに言って、無理やり馬車に乗り込んでくる。リリパット銅爵と家臣たちは、そんな彼女をうれしそうに見ていた。

「それに、自分が世界を滅ぼす悪女になるなんて言われて、平気でいられるわけないでしょ。とりあえずキミの側にいて、じっくり見ていてあげる。もしキミが悪なら、ボクは勇者に協力してキミを滅ぼしてあげるからね！」

カチカチとペンチを鳴らして威嚇《いかく》してくる。

「わ。わかったよ……これからよろしく」

一応ヒロインの二人を手に入れたが、とても攻略できたとは言えない、と思うリトネであった。

† シャイロック家

リトネたちが屋敷に戻ると、ミルキーを抱いたマザーに出迎えられた。

「ふん。どうやら生きて帰ってこられたらしいの。悪運が強いやつじゃ」

口ではそう言うが、リトネたちを心配していた様子である。

「きゅいきゅい！」

しばらく離れて寂しい思いをしていたミルキーは、喜んでリトネに飛びついた。

「師匠のお乳のおかげで、なんとかツチグーモの毒に犯された人を助けることができました」

そう言いながら、残った乳を返そうとするリトネ。ペットボトルには底のほうにわずかにミルクが残っていた。

「よい。持っておけ。これからもお前たちには必要になるかもしれんからな」

マザーは苦笑して首を横に振る。

そんなマザーにリン、ナディ、リトルレットが尋ねる。

「そうだ。マザー様のお乳を飲んだら元気が出て、魔力が上がったように感じたんですが、なぜでしょうか？」

「……私もそう感じました。いつもより魔力が強くなりました」

「そういえば、ボクの武器もいつもより強くなったような気がする。工具をニッパーに変えたらツチグーモの糸をスパスパ切れたし」

マザーが少し困ったような表情を浮かべて答える。

「それがワラワたち竜王族が人間や魔族から狙われるわけでもあるのじゃ。ワラワたちの血や乳は飲んだ者に不死身の力を与え、強化する。簡単に強くなれるのじゃ」

「なるほど……確かに乳って血とほとんど同じと聞いたことがある。乳房は血液の赤み（赤血球）を濾過《ろか》して乳にするのだったよな」

前世知識を思い出してリトネは納得する。

「待てよ……なら、なんで俺が血を飲んだときはあんなに苦痛を感じたんだろう」

「それは血と乳の違いじゃ。血に含まれている赤血球が人間には猛毒じゃからの。根性がないやつは死ぬこともある」

毒を飲まされたと聞いて、リトネは憤慨する。

「……って！　なんで俺には血を飲ませたんですか！」

「愚か者が。初対面の小僧に乳を与えるわけがないではないか！　それに、竜血の試練にも耐えられん根性なしには、どうせ修行に耐えられん」

「……たしかに」

マザーの言うことは至極もっともである。

「わかったら、修行じゃ！」

マザーはミルキーをリンたちに渡して、リトネを引っ張って中庭のほうに向かう。

リン、ナディ、リトルレットの三人がミルキーと向かい合う。

「ミルキー、元気でしたか？」

「会いたかった」

「へぇ……これがドラゴンの赤ちゃんかぁ。可愛いな」

三人のヒロインたちはリトネそっちのけで、ミルキーを可愛がるのだった。

† 蒼月夜

魔物が活発に活動する蒼月夜。月に数度あるこの日はどんな仕事も早く終えて、人々は寝床に入る。

そんな中、一人のメイドが自分の部屋から抜け出し、宝物庫に向かった。

「鍵がかかってますね。まあ、私にとっては無駄ですけど」

メイドはぬるんと体を細くすると、鍵穴から侵入する。さまざまな宝物がある中で、ひときわ大事そうに台座に設置された宝があった。

青い月の光に照らされて、白く輝くペットボトルである。

「ええと……マザードラゴンの乳ってこれですね」

メイドは乳を持ってきた容器に少しだけ移し、足早に宝物庫をあとにする。

月の光に照らされた彼女の影に映る耳は、魔族のように尖っていた。

中庭に出たところで、警備していた騎士に誰何《すいか》される。

「こんな夜中に、どうかされたのですかな？」

「少し月夜の散歩をしようと思いまして」

「いけません。今日は蒼月夜です。お部屋に戻って……ぐぅ」

メイドの目を見た騎士は、急に睡魔《すいま》に襲われ、その場に横たわっていびきをかき始めた。

「見事な『睡眼《スリープアイ》』だな」

いつの間にか来ていた男装の麗人が、メイドに声をかける。

「あなた様直伝ですもの。魔皇妃カイザーリン様」

メイドは青い光の中、あでやかに笑った。

「ところで、報告を聞こう」

「はい。リトネ様は、仲間とともにツチグーモを倒し、小さな勇者と呼ばれています」

リトネたちがツチグーモと戦った結果を彼女に伝える。

魔皇妃カイザーリンは薄く笑った。

「なかなかやるな……まあ、奴がどれだけ強くなろうが、我ら魔族の復活は止められぬが」

「ええ、所詮六魔公など大いなる目的達成のための捨石《すていし》にすぎませんわ」

カイザーリンとメイドは笑い合う。

「だが、候補者は奴だけではない。勇者アベルとやらにも肩入れせねばならんな」

「はい。ご用意できています」

メイドは少しだけ乳の入ったペットボトルを渡す。

「我が眷属《けんぞく》、睡魔スネリよ。今後もリトネと女たちを監視するのだ。この役目はハーフデビルであるお前にしかできぬ」

「かしこまりました。魔族の復活のため、微力を尽くさせていただきますわ」

メイドはカイザーリンに向けて、うやうやしく一礼した。

† 王都　後宮

美しい女が、我が身に訪れた不幸を嘆く。

「あの不忠者が……宰相面して……何もかも奪っていって……」

彼女がいる部屋の壁には、彼女が残した爪跡が走っていた。彼女の服も質素なものに変わっている。

ルイ十七世の寵妃として社交界で権勢を振るった貴婦人、アントワネット銅爵夫人。彼女はギャンブルで作った借金の返済を求められ、今まで持っていた豪華なドレスや宝石などもすべて宰相であるイーグル・シャイロックに取り上げられてしまった。

それだけではない。借金が完全に返済されるまで後宮に幽閉されて一歩も出られない状態である。

さらに、彼女に仕えていた使用人たちは、明日で全員解雇される予定であった。

「あの金貸しめ……いつか必ず復讐してくれる」

髪を掻きむしって呪詛《じゅそ》の言葉を上げる彼女だったが、しばらくして落ち着きを取り戻す。

そうして床に魔力を這わせると、隠し金庫が現れた。

「ふふふ……あの金貸しもこの金庫だけは見つけられなかった。これさえあれば……」

小ぶりな金庫を開けて中の宝石を取り出す。それは白く輝く円錐型のダイヤモンドだった。

「くくく……この『ホープダイヤ』は勇者アルテミックが残した国で一番の価値がある宝石。これを担保にギャンブル資金を借りて、一発逆転すれば……」

さんざんひどい目に遭っても、まだ懲りてない彼女だった。

その様子を窓の外からうかがっている男装の麗人がいる。

「驚いたな。行方不明の六魔公の一人『ダイヤトーテム』をこんなところで見つけるとは。運がいい」

にやりと口の両端を吊り上げる。

「都合がいいな。ならば、奴を操って……眠霧《スリープミスト》」

窓の外から催眠魔法をかける。その霧に触れたアントワネットは、深い眠りに誘《いざな》われていった。


「勇者の母よ……聖母アントワネットよ。私の声が聞こえますか？」

アントワネットが気づくと、白い空間に包まれていた。

「ここは……」

「あなたの夢を通じて、話しかけています」

どこからか清らかな声が聞こえてくる。

「あなたは？」

「私は女神ベルダンティー。勇者の母にして、いずれ世界を統《す》べる王の母であるあなたに、お願いがあります」

「私が、王の母に!?」

自尊心をくすぐられて、アントワネットは喜ぶ。

「ええ。しかし、あなたはあることをしなければなりません」

「なんでもおっしゃってください！　女神様！」

アントワネットは土下座せんばかりの勢いで尋ねた。

「そのホープダイヤは勇者の守り石。あなたの息子、未来の勇者アベルに届けるのです」

「これを？」

アントワネットはちょっと惜しそうに手の中のダイヤを見つめる。

「ええ。そうすれば勇者アベルは何年かあとに王となるでしょう」

「……わかりました」

しぶしぶとアントワネットは同意する。

「この聖なるミルクを授けます。勇者アベルと彼と結ばれるべき少女に飲ませることで、彼らは勇者として覚醒します」

女神ベルダンティーを名乗る声は遠ざかっていった。

同時にアントワネットは夢から覚める。

「今のは夢？　……そうよね。この大事なホープダイヤを息子に預けるって……」

目が覚めたあとに苦笑するが、目の前には白い液体が少しだけ入った透明な容器がある。

「……やっぱり現実かぁ。しかたないわね」

アントワネットはあきらめて、ダイヤを息子に渡す決心をするのだった。

それを見ていた窓の外のカイザーリンはほくそ笑む。

「ふふふ。女神の神託とはまことに便利だ。簡単に人を操ることができる」

女神ベルダンティーを騙《かた》ったカイザーリンは、高笑いしながら闇に消えていくのだった。

†　次の日

多くの使用人が後宮を去っていく日である。

彼らは楽で実入りもいい職場を退職することになったので、肩を落としていた。

「それでは、失礼いたします。アントワネット様」

十二歳くらいの美しい金髪の少女、マリアが涙を流しながら最後の別れの挨拶をする。

彼女は弱小貴族の出身で、小間使いとしてアントワネットに仕えていたのだが、イーグル宰相によってリストラされてしまったのである。

「マリア、今まで忠実に仕えてくれて、ありがとう」

優しくて気前のいい女主人が、抱きしめて別れを惜しむ。

「うう……あの金貸し爺は、私たちになんの恨みがあるのでしょうか。何も悪いことをしていない私たちを首にして……」

マリアは泣きながらイーグルを恨む。

「仕方ないわ……なぜかあの金に執着する悪臣が宮廷で権力を握っているから。でも安心して。こんなひどい世の中はいつまでも続かないわ。きっと勇者がなんとかしてくれる」

「勇者……ですか？」

涙に濡れた目で、マリアはアントワネットを見上げる。

「そうよ。私は女神から神託を受けたわ。それで、あなたに最後のお仕事を頼みたいの」

「なんなりとお申し付けください」

何か硬いものが入っている包みをマリアに託す。

「この包みをアベルに届けて頂戴《ちょうだい》」

「わかりました。必ずお届けします」

マリアは真剣な顔をしてうなずくのだった。

† セイジツ金爵家

「……ここに来るのも最後、もうアベル様にも会えないかも……」

金爵家の門を潜《くぐ》ったとき、マリアの目から涙がこぼれた。

「おや？　マリア、どうしたの？」

中庭で剣を振っていたアベルが、やってきたマリアの様子がおかしいことに気がつく。

マリアは涙を流しながらも、無理に笑みを浮かべた。

「アベル様……今まで仲良くしていただき、ありがとうございました」

深く頭を下げるマリアに、アベルはますます混乱した。

「マリア、どうしたんだい？　お別れの挨拶みたいなことを言って？」

「実は……私はアントワネット様のところを、お暇《いとま》を出されて実家に帰ることになったのです」

「なんだって！　そんな馬鹿な！　母上が君を首にするなんて！」

いきなり思ってもいなかったことを聞かされてアベルは驚く。

彼にとってマリアは数少ない心を許せる相手であり、ほのかに恋心も抱いていた。いつまでも自分の側にいてくれると思っていたのである。

「私を首にしたのは、アントワネット様ではありません……」

マリアはしくしくと泣きながら、宰相イーグル・シャイロックによって後宮費が削られ、ほとんどの使用人が首になった話をした。

それを聞いているうちに、アベルの顔に怒りが浮かぶ。

「くそっ！　あの金貸し爺め！　僕にもっと力があれば、あんな悪臣は駆逐できるのに！」

母アントワネットから常に悪口を聞いていたこともあって、シャイロックを諸悪の根源のように感じていた。彼にとってシャイロックは無力な母をいじめ、罪もない使用人を追い出す極悪人である。

「仕方ありません……そうだ。お母様からこれを預かってきました」

マリアはアントワネットから託された包みをアベルに渡す。それを開けてみると、中から見事なダイヤのネックレスと白い液体が入った容器が出てきた。

手紙がついている。


愛しいアベルよ。

私は女神ベルダンティーから神託を受けました。

あなたには勇者アルテミックの血が流れています。

白い液体は勇者の力を引き出す「聖なるミルク」です。

そして、ダイヤを守り石にして、常に身につけていてください。

いつかあなたは新たな勇者となり、この国を導く王となるでしょう。そのときを楽しみにしています。


手紙の最後には涙の跡があった。

「母上……ありがとうございます」

さっそくアベルは白い液体を飲む。すると、体の奥から力が湧いてきた。

「なんだこの力は……ははは、僕は勇者の力に目覚めたぞ！」

金色の髪が逆立ち、全身を金色のオーラが包む。

「すごいです……アベル様！」

マリアは光り輝く彼をうっとりと見つめていた。

次にアベルはダイヤのネックレスを首からかけ、それをマリアに近づけてみる。ダイヤは道を指し示すように、キラキラと輝いた。

「マリア。僕は君を愛している。だから、僕の伴侶《はんりょ》となるために、君もこれを飲んでくれ」

残った最後の一滴が入った容器を、マリアに渡す。

「え？　私がアベル様の伴侶に？」

無言でうなずくアベル。

「で、でも……私はしがない錫爵の娘で……アベル様とは身分が」

「かまわない。僕は君を愛している！」

アベルはマリアをしっかりと抱きしめる。

「うれしい……私の勇者様……」

涙を流しながら、マリアも飲む。すると、体の奥底から力が湧き上がってきた。

「僕は勇者として、これからも修行し、いつかきっと王になってみせる。そのときは、母上と、そして君とも一緒に暮らそう」

「はい」

そして、二人は初めてのキスを交わす。

アベルの首にかけられたダイヤは、アベルから発せられる光のオーラを吸収するようにキラキラと輝いていた。

2016年3月より
とあるおっさんのVRMMO活動記
PCオンラインゲーム
絶賛
サービス中!
ワンモア・フリーライフ・オンライン
とあるおっさんのオンライン活動記
生産あり
バトルあり!
冒険
Quest
生産
Craft
編成
Party
装備
Equipment
酒場
Bar
チャット
OFF
閉じる
決定
キャラクター固有のスキルを自由に組み合わせ、
自分だけのコンビネーションを繰り出そう!
詳しくは http://omf-game.alphapolis.co.jp/ へアクセス!
©2000-2016 AlphaPolis Co.,Ltd. All Rights Reserved.

Re:Monster
ゲームアプリ解放《リリース》中!!
35万ダウンロード突破!
※2016年3月31日時点
App Store無料ランキング（ゲームカテゴリ）2位!
※2016年2月25日時点
Google Play™国内アプリ新着無料ランキング3位!
※2016年2月26日時点
喰えば喰うほど強くなるRPG!
Re:Monster《リ・モンスター》
～ゴブリン転生記～
書き下ろしマンガも公開中じゃよ
詳しくは
http://remonster.jp/
にアクセス!
【Android】Google Play
【iOS】App Store
で提供予定。
携帯サイトはこちらから!
©2000-2016 AlphaPolis Co.,Ltd. All Rights Reserved.

シリーズ
6.5万部
突破!
大人気小説「Bグループの少年」
ゲームアプリで
タップバトルRPG
登場!!
B少タップ!
~Bグループの少年激闘編~
タップするだけ
簡単操作!
強敵
バトル退出
山梨
204.31G
現在のDPS
5.89Gタップダメージ
186.97G 仲間のDPS
【Android】Google Play
【iOS】App Store
で好評配信中!
世界制覇を目指し、
タップ連打で敵を蹴散らせ!

魔王に転生した青年のお仕事は、勇者に滅ぼされること!?

謎の存在「魔神」の企みにより、魔王ヴェルムドールとして異世界に転生した青年・中島涼。ところが降り立ったそこは、混沌の極みにある荒んだ魔族の大陸だった。新魔王の誕生が人間に知られれば、やがて勇者が打倒しにくるに違いない。「勇者に簡単に滅ぼされる」運命を変えるべく、魔王ヴェルムドールはチートな威光でサクサク大陸統一に乗り出す！――ネットで人気！　異色魔王の魔族統一ファンタジー、待望の書籍化！

1～8巻好評発売中！

各定価：本体 1200 円＋税　illustration：ジョンディー

ネットで話題沸騰！
アルファポリスWeb漫画
面白い漫画が毎週読める!!
ALPHAPOLIS
アルファポリス
COMICS
ゲート
GATE
自衛隊　彼の地にて、斯く戦えり
原作：柳内たくみ
Yanai Takumi
漫画：竿尾悟
Sao Satoru
THE NEW GATE
ザ・ニュー ゲート
原作：風波しのぎ
漫画：三輪ヨシユキ
月が導く異世界道中
Tsukiga Michibiku Isekai Douchu
原作：あずみ圭
漫画：木野コトラ
黒の創造召喚師
The Black Create Summoner
原作　幾威空
漫画　たくま朋正
さようなら竜生、こんにちは人生
GOOD BYE, DRAGON LIFE.
原作：永島ひろあき
漫画：くろの
人気連載陣
●転生しちゃったよ（いや、ごめん）
●異世界転生騒動記
●ワールド・カスタマイズ・クリエーター
●地方騎士ハンスの受難
●物語の中の人
●強くてニューサーガ
●スピリット・マイグレーション
and more...
とあるおっさんのVRMMO活動記
原作　椎名ほわほわ
漫画　六堂秀哉
Re:MONSTER
リ・モンスター
原作：金斬児狐
漫画：小早川ハルヨシ
選りすぐりのWeb漫画が
無料で読み放題!
今すぐアクセス！
アルファポリス 漫画
検索
アルファポリスアプリ
スマホでも漫画が読める!
App Store/Google play
でダウンロード!

大沢雅紀《おおさわまさき》

広島県三原市在住。好きな小説のジャンルは復讐モノ。「反逆の勇者と道具袋」（アルファポリス）で 2012 年出版デビュー。2015 年 10 月より、本作「貴族のお坊ちゃんだけど、世界平和のために勇者のヒロインを奪います」をネット上で連載開始。瞬く間に人気を得て、二作目の書籍化となる。

イラスト：伊吹のつ

http://ibukinotsu.wix.com/ibuki-forio

本書は、「小説家になろう」（http://syosetu.com/）に掲載されていたものを、改稿のうえ書籍化したものです。

貴族《きぞく》のお坊《ぼっ》ちゃんだけど、
世界平和《せかいへいわ》のために勇者《ゆうしゃ》のヒロインを奪《うば》います

大沢雅紀

2016年 4月30日初版発行

編集ー芦田尚・宮坂剛・太田鉄平
編集長ー塙綾子
発行者ー梶本雄介
発行所ー株式会社アルファポリス
〒150-6005 東京都渋谷区恵比寿4-20-3 恵比寿ｶﾞｰﾃﾞﾝﾌﾟﾚｲｽﾀﾜｰ5F
TEL 03-6277-1601（営業）03-6277-1602（編集）
URL http://www.alphapolis.co.jp/
発売元ー株式会社星雲社
〒112-0012東京都文京区大塚3-21-10
TEL 03-3947-1021
装丁・本文イラストー伊吹のつ
装丁デザインーAFTERGLOW
印刷ー中央精版印刷株式会社

価格はカバーに表示されてあります。
落丁乱丁の場合はアルファポリスまでご連絡ください。
送料は小社負担でお取り替えします。

ISBN978-4-434-21908-5 C0093